KB036421

아저씨지만 청바지는 입고 싶어

아저씨지만
청바지는 입고 싶어

강민 에세이

프롬북스 frombooks

우물쭈물, 그냥 맘 편하게, 재밌게 살자

"우물쭈물하다가 내 이럴 줄 알았다."

94세까지 살았다는 조지 버나드 쇼의 묘비명에 적혀 있다는 말인데, 인간들 사는 게 다 우물쭈물 사는 거지 뭐 얼마나 대단하게 살까. 노벨문학상까지 탔던 사람이 우물쭈물 살았다면 턱도 없이 평범한 우리는 도대체 어쩌란 말인지.

나는 딱히 무슨 계획을 세우고 사는 인간이 아닌지라 버나드 쇼의 말처럼 우물쭈물하다가 중년이 되었다. 그렇다고 지금부터 뭔가 대단한 계획을 세우고 살 것도 아니고, 또다시 우물쭈물 살다갈 것은 뻔하다. 우물쭈물 살아 버나드 쇼처럼 90 넘어서까지 건강하게 살 수 있다면 그것도 괜찮을 것 같고.

내일 당장 죽지만 않으면 지금까지처럼 또 계속 살아가겠지만, 뭔가 재밌는 일을 만들며 살고 싶기는 하다. 이제 나이는 적당히 먹었으니 이 나이에 걸맞는 걸 하면서 살아야겠는데, 딱히 뭘 해야 재미가 있을지, 남들은 이 나이에 뭘 하며 사는지. 남들이 많이 하는 거라면 재밌으니까 하는 걸 거고, 나도 그걸 하면 남들에게 뒤처진 다는 생각도 하지 않을 수 있을 거고, 그러려면 남들은 어떻게 사는 지를 알아야 할 텐데 일일이 아무나 붙잡고 "요즘 당신은 뭐하고 사 요?" 하고 물어보고 다닐 수도 없고. 그랬다간 뺨 맞을 게 뻔하고.

　해서, 우선 나 먼저 '나는 요즘 이렇게 살고 있다'고 글로 이야기 해주면 뺨 맞을 일도 없고, 혹시 내 글에 공감하여 '맞아, 다 그렇게 살지' 하며 남들도 자기들 사는 이야기를 해주지 않을까 하여, 내가 살아가는 이야기를 해보고자 한다. 아내와 투덕거리며 사는 이야기 도 하고, 중년의 남자인 내 생각도 이야기하고, 못 치는 골프 이야 기도 하고, 술 이야기도 하고, 주변 일상에 대한 이야기도 하고, 노 년 걱정도 해보고, 죽음을 한번 생각해보기도 하고. 중년남자들이 술집에서 친구들끼리 모여 술 한잔 먹고 주절주절하는 그런 이야기

말이다.

중년의 나이 정도 되면 이제 좀 마음의 여유를 가지고 살아도 되지 않을까. 아직 힘든 일이 해결되지 않았을 수도 있고, 조금 더 일을 해야 하고, 자식도 아직 자리를 잡지 못했다 하더라도 마음이야 먹기 나름일 테니, 억지로라도 여유를 찾고, 남 눈치 덜 보고, '나 사는 게 정답이다' 하며 살아도 되지 않을까. 인생 한 번 가면 두 번 살 수 없는 건데 박 터지게 산다고 죽어서 최우수상 받을 것도 아니고, 우물쭈물 살든 팍팍하게 계획적으로 살든 사는 건 다 거기서 거기니 그냥 맘 편하게, 재밌게 살자. 그러다 보면 언젠가 이 세상 소풍을 끝낼 때가 되면 '이만하면 잘 살았다' 하고 맘 편하게 갈 수 있을 게다.

그러니 한번 보자. 대한민국의 평범한, 나랑 비슷한 중년의 남자가 어떻게 사는지. 일주일에 술은 얼마나 마시며, 커피는 하루에 몇 잔을 마시고, 주말엔 무얼 하며 시간을 보내고, 아내 말은 얼마나 잘 듣는지.

이 책에서 당신은 안도할 것이다. 당신은 매우 평범하게 살고 있음에. 그리고 당신도 이야기해달라. 당신은 어떻게 사는지, 얼마나 재미나게 사는지, 또 어떤 생각들을 가지고 있는지를.

차례

5장

책도 읽고,
고독도 씹고,
청바지도 입고

1장

다들
이렇게 살지요?

나이 좀 들면 다들 이렇게 살지요?
남편, 아내의 뱃살을 걱정하고,
나이 드신 어머니를 걱정하고,
아직 자리를 잡지 못한 자식을 걱정하고,
술도 한잔하고, 피부과에서 점도 빼고,
허세도 좀 부리고 그렇게.

남들은 남들대로, 나는 나대로

1.

타인의 삶을 부러워하지 않게 하소서.

내 인생을 스스로 존중케 하시고

나는 그냥 라면을 먹더라도

남이 먹는 치즈라면을 쳐다보지 않게 하소서.

남들 인생은 지들 인생, 내 인생은 내 인생임을 인정케 하소서.

뱁새는 뱁새의 걸음으로, 황새는 황새 지 맘대로 걷게 하소서.

남들은 남들대로, 나는 나대로, 그렇게 살게 하소서.

혹, 주제도 모르고 남 따라가려 하거든

가랑이가 쭉 찢어지게 하소서.

다만, 죽지만 말게 하소서.

혹시 모르니,

이번 주말에 로또 구입은 허락하소서.

기도하는 날에도

기도하지 않는 날에도

이 욕심만은 벌함이 없이 용서하시고

구원하소서.

2.

주말, 창문으로 들어오는 빛의 온도를 보니 딱 봄의 온도다.

내가 정한 봄의 온도는 21도다. 텃밭에 봄 상추가 싹을 틔우는 온도. 봄에 느끼는 빛의 온도는 그만의 느낌이 있다. 차갑지도 덥지도 않고, 그렇다고 따뜻하다고만 표현하기는 뭔가 서운하고 그런 느낌. 여하튼, 오늘 아침의 빛의 온도는 그랬다.

봄, 게다가 주말, 거실에 쏟아져 들어오는 햇빛을 피해 게으른 아침상을 차렸다. 내다보이는 마당에 잔디는 제법 싹이 올랐고, 곳곳에 올라온 잡풀들도 아직 밉지는 않다. 게으른 주말 아침이 봄이라서 더 여유롭다.

날씨는 사람의 마음을 움직이는 능력이 있다. 날이 좋으면 꼭 밖에 나가야 할 것 같다. 날 좋은데 집에 있으면 손해를 본 느낌이다. 휴일이니 출근도 안 하고, 날은 좋고, 이런 날 나가지 않는다고 과태료 나오는 것은 아니지만 어디든 아무데나 나가서 커피 한잔이라도 해야 할 것 같다. 나보다 아내의 마음이 더 하나보다.

"여보, 오늘 뭐 할까?"

부추나물을 담은 접시를 내 앞으로 밀어주며 아내가 말을 꺼낸다.

"글쎄, 뭐하지?"

매번 돌아가는 내 답은 같지만 아내는 같은 질문을 반복한다.

'그러게, 나도 생각 중이네 뭐할지.' 나는 참기름에 무친 부추나물을 집어 들었다. 텃밭에서 한 움큼을 베어다 아내를 주었더니 참기름에 조물조물 무쳐 내놓았다. 겨울을 난 초벌 봄 부추는 정말 연하고 부드럽다. 아삭아삭 두 번 씹으면 벌써 입안에 없다. '월장초'라 했던가? '파옥초'라 했던가? '월장'이든 '파옥'이든 이 나이엔 딱히 효과도, 쓸데도 없긴 하지만.

"여보, 풍경 좋은 국립공원 갑시다."

아내의 마음은 이미 국립공원에 있다.

"등산?"

"아니 등산 말고, 등산은 힘드니까 산책 정도 할 수 있는 경치 좋은 국립공원."

아내의 주문은 항상 경치 좋은 국립공원이지만, 내가 생각하는 국립공원은 산이다. 산이 아닌 국립공원이 있나? 국립공원을 가자면 등산을 하자는 것인데, 아내는 등산은 싫다고 한다. 그러면 도대체 어디를 가자는 것일까?

"그럼 지리산 아래 화엄사 갈까?"

"아니, 절에만 가는 것은 싫어."

"음……."

여기서부터 삐걱대기 시작한다. 국립공원은 가고 싶고, 등산은 싫다. 국립공원 입구까지 가자니 절은 싫다고 한다.

"그럼, 근처 조경 잘 되어 있고 분위기 좋은 커피숍 가서 커피 한잔하고 오지 뭐."

"커피 한잔만 하고 오기에는 날이 너무 좋잖아."

'커피 한잔만 하고 오기가 그러면 두 잔 마시고 오면 되지'라고 하고 싶지만, 그랬다간…….

살짝 짜증 비슷한 게 올라오기 시작하지만, '커피 한잔만 하고 오기에는 너무 좋은 날'에 아내의 기분을 망쳐놓기 싫다.

"그럼 우리 집 마당이 뭐 국립공원이니 좀 이따 점심에 마당에서 삼겹살이나 구워 먹을까?"

"에이, 이 좋은 날 밖에 안 나가는 사람들 없어. 다들 나가서 바람 쐬는데 우리만 안 나가면 좀 그렇잖아. 밖에 안 나가고 있다가 이따 뉴스에 여기저기 야외에 나다니는 상춘객들 영상 나오면 배 아파. 우리만 뭐 손해 본 기분이 들어."

우리는 집에 있고 남들은 야외에 있다고 해서 우리가 무슨 손해를 본 것인지는 모르겠지만, 아내의 말처럼 저녁뉴스의 헬기 영상을 보면 나도 그런 기분이 들기는 한다. 남들은 하는데 우리는 뭔가 해야 할 것을 하지 않은 것처럼, 뭔가 우리 몫을 챙겨야 하는데 챙기지 않은 것처럼. 그 남들이 문제라는 것인데.

결국, 우리는 이번 주말 손해를 보지 않기로 합의를 봤다.

"가까운 조계산에 가자. 주차장에서 등산로 입구까지만 가도 산책로 좋으니까 천천히 산책하고 내려와서 지난번 들렀던 식당에서 당신 좋아하는 굴비백반 먹고 오지 뭐."

"오케이, 그건 찬성."

굴비는 왜 그렇게 좋아하는지 모르겠다. 고향이 영광도 아니고 영암이면서. 이렇게 우리는 볕 좋은 주말, 남들과 비교해서 손해를 보지 않기 위해 굴비백반을 먹으러 나섰다.

그곳엔 우리가 손해 보고 싶지 않았던 남들도 굴비백반 먹으러 많이 왔다. 볕 좋은 날 안 나가면 손해. 이번 주말 일정은 조용한 사찰 주차장에서 등산로 입구까지 산책, 그리고 굴비백반이다.

3.

아내가 느끼는 손해라는 감정은 남들과의 경쟁심리에서 나온다. 경쟁은 남과의 비교에서 시작하니, 남들에게 지지 않기 위한 처절함은 스스로를 죽이는 스트레스가 된다. 남과 내가 다를 게 없다는 동질감으로 사람들은 안도감을 느끼며, 그 안도감은 사람들을 살리는 면역력이 된다. 내 아내의 주말 외출은 스트레스에 대한 스스로의 처방이다. 외출에서 발견한 남들은 그 처방을 통해서 얻는 안도감이라는 치료약이 된다. 인간은 비교하고 경쟁하며 그에 따라 스트레스를 받지만, 스스로의 처방을 통해 면역력을 키워간다. 아이러니하게도, 남들은 스트레스를 주는 경쟁상대이면서 안도감을 주는 치료약이기도 하다. 인간은 그래서 서로를 죽이고, 서로를 살린다. 아내는 스스로를 살리기 위해 나가고, 나는 아내에게 죽지 않기 위해 나간다. 굴비백반 맛이 썩 좋지 않더라도.

살이 쪘는지의 기준은 누가 정할까?

―
1.

살이 쪘는지 아닌지의 기준을

누가 정한 걸까?

배가 조금 나온 게 정상일 수는 없을까?

배가 조금 나와도 나름 귀엽지 않은가.

배가 나와서

바지가 살짝 충만한 정도가 정상이고,

표준이라고 유명 의사가 말해주면

이 세상 사람들의 스트레스 지수가

엄청나게 줄어들 텐데.

내 아내를 포함해서

그냥 생긴 대로 살아도 될 텐데.

2.

"여보, 나 이제 저녁 안 먹고 과일즙만 먹는 다이어트 한 달만 해 볼 거야. 당신이 도와줘야 해."

아내는 오늘도 이틀 전에 했던 소리를 또 한다. 그것도 꼭 아침에 하는 대사다. 저녁에는 먹어야 하니 먹으면서 말하기는 민망할 터. 대사는 내가 들었지만, 전날 저녁 먹은 걸 후회하며 아내 자신에게 하는 다짐이다.

"그래. 나야 뭐 저녁 안 먹어도 상관없어."

자상하고 좋은 남편 소리 들으려면 대답은 항상 이렇게 긍정적이고 적극적으로 해줘야 한다. 당신 때문에 살을 못 뺀다는 핑계거리를 주면 안 된다. 저녁을 먹을 때도 마찬가지다. 내가 먼저 고기를 먹자고 한 다음 날 아침에는 단박에 '당신이 먹자는 말만 안 했어도'가 나온다. 때문에 난 저녁메뉴에 한에서는 항상 소극적이다. 삼겹살을 먹고 싶어도, 아귀찜을 먹고 싶어도, 곱창구이를 먹고 싶어도, 아내의 입에서 뭔가 먹자는 말이 나올 때까지 기다린다. 그래야 가정이 평온하다.

내가 보기에 아내의 살집은 딱 그 나이 아줌마들의 평균이다. 뱃살이 있다는 소리다. 하지만 강력한 다이어트를 할 만큼은 아니라는 게 남편인 나의 생각이다. 물론 아내의 나이, 아내의 생활 패턴, 아내의 음식량 그리고 내가 받는 스트레스 지수 등을 모두 종합해서 하는 판단이다.

아내와 나는 헬스클럽에 같이 다닌다. 맞벌이 부부인 우리는 출근과 퇴근을 항상 같이 하기에 어쩔 수 없이 선택한 운동 일정이다. 도시에서 약간 떨어진 마을에서 살고 있고, 아내는 운전을 포기한지라 내가 운전기사를 해야 한다. 내가 김씨니 그 유명한 '김 기사'다. 퇴근 후 헬스클럽에서 만나 같이 운동을 하고 같이 집에 들어간다. 손은 안 잡으니 불필요한 야유는 안 해도 된다. 아내는 딱 밥맛 좋을 정도만 운동을 한다. 런닝머신 40분에 웨이트 설렁설렁 15분. 5분은 진동벨트에 서 있다. 그렇게 해서는 살집 한줌도 안 떨어진다는 나의 질책에 화요일, 목요일에는 스피닝실에 들어오지만, 그것도 자전거 소풍 나온 어르신의 속도로 20분 정도면 자체 종료다. 힘들다는 이유다. 힘 안 들게 운동해서야 밥맛만 좋아진다고 몇 번을 뭐라 해봐야 소용이 없다. 힘들다는데 어쩔 것인가. 결국 세운 특단의 대책이 저녁 굶기인 것이다.

"그 정도면 괜찮으니 그냥 살아, 힘 빼지 말고."

내가 해줄 말은 그것뿐이니, 매번 하는 말이다.

"안 돼. 옷이 문제가 아니라 이 살이 문제야. 살을 빼야 옷을 입을 수 있을 것 같아."

음, 인지능력과 합리적 사고에는 전혀 문제가 없다.

"그럼 옷을 한 치수 큰 걸 사 입으면 되지."

"그러다 보면 한도 끝도 없어. 살을 조금만 빼면 지금 있는 옷을 다 입을 수 있는데, 옷을 전부 다시 살 수는 없잖아. 살 빼야 돼."

어제 했던 이야기다. 기억력 감퇴지수는 검사가 필요해 보인다.

"그럼 운동을 좀 더 힘들게 해야 효과가 조금이라도 있을 텐데, 그렇게 운동해서는 평생 가봐야 똑같아."

쓸데없는 소리인 줄 알지만 난 또 같은 소리를 반복한다. 물론 나라고 멋진 몸을 가지고 있는 것은 아니다. 40대까지는 그래도 꽃중년 소리를 들었는데 50대 중반이 넘어서자 뱃살이 나이처럼 늘어가고 있다. 아직은 옷으로 감추면 표시는 덜 나지만 이대로 가다간 한계가 올 것 같다. 겨우겨우 약간의 운동으로 속도를 늦추고 있다.

"당신도 이제 다이어트 신경 써야 해."

근래 들어 아내도 늘어나는 내 뱃살을 눈치챘다. '당신은 살 안 찌니까 많이 먹어도 된다'는 대사가 작년인데 이제 그 말은 쏙 들어갔다.

"주말에 같이 등산을 좀 다녀볼까?"

"그러니까 등산 가자고 해도 꼭 국립공원만 찾으면서 뭘."

"등산 가면 힘드니까 그러지."

'그럼 뭘 어쩌라고.' 힘들지 않게 등산하고, 힘들지 않게 운동하고, 배고프지 않게 다이어트해서야……

아내는 오늘 아침에도 과일즙만 먹었다. 물론 나도 과일즙 한잔을 얻어 마셨다. 또 저녁에 헬스클럽은 설렁설렁, 저녁은 밥맛이 좋아져서 과일즙으로 견뎌낼 수 있을지는 모르겠지만 아내의 다이어트는 계속되고 있다. 인터넷 블로그에 다이어트 성공기 엄청 많던데, 그건 전부 남들 이야기고. 다이어트 성공한 사람은 지독하고 정머리 없는 사람일 거야. 다들 이렇게 살겠지? 그래야 할 텐데, 그럴 거야…….

3.

아내의 뱃살은 아내의 잘못이 아니다. 음식의 본래 기능은 동물의 움직임에 필요한 에너지를 제공하는 것이다. 이 음식의 기능이 어느 순간 변질되었다. 음식의 본래 기능은 거의 상실되고, 매우 사치스러운 기능을 가지게 되었다. 음식의 보는 기능이 그 첫 번째다. 요즘 인간들은 음식을 먹기 전에 찍는다. 먹는 음식에 왜 보는 기능이 생겼단 말인가? 그 기능 때문에 먹을 때가 아님에도 음식을 보게 되고, 음식을 보게 되면 먹고 싶은 마음이 동하니, 음식의 보기 기능은 인간에게 해가 되는 기능이다. 두 번째가 넘치는 관계의 기능이다. 인간이 인간을 만날 때 음식을 사이에 두고 만나는 문화가 팽창함으로써 관계의 기능이 만들어졌다. 음식은 인간이 움직임에 필요한 에너지 충족을 위해 스스로 또는 가족이 필요한 만큼만 섭취하면 되는 것인데, 에너지 충족이 필요한 시간이 아님에도 다른 인간과의 관계 기능을 함으로써 불필요한 섭취가 늘어나게 되었으니 그 폐해 또한 심각하다. 이렇듯 음식의 기능이 변질됨으로써 인간에게 많은 폐해가 발생했고, 아내도 그 폐해를 피하지 못한 결과로 뱃살을 낳았으니, 내 아내는 뱃살의 생성에 아무런 잘못이 없다. 하여, 아내여, 자책할 필요가 없다. 다만, 이미 발생한 결과물에 대한 점차적 해결을 위해서는 스스로 물을 가져다 마시고, 설거지를 일주일에 3회 정도는 시도하고, 쓰레기를 직접 버리는 등의 움직임을 실천하면 많은 도움이 될 것으로 조심스럽게 조언해보니 꼭 참고하길 바란다. 혹, 일주일에 3회 설거지가 많다면 1회라도. (눈치를 챘으려나?)

모두 다 가질 수는 없다

1.

나는 아침 새소리에 잠을 깬다.
누군가는 새소리에 일어나니
얼마나 낭만적이냐고
속 모르는 소리를 한다.

수십 마리의 새가 지휘자 없이
제각각 노래하는 소리를 들어보라.

판소리, 트로트, 팝, 샹송이
아무리 아름답다 한들
아무런 조화 없이
각자 노래하면

환상적이 아니라 환장할 것이다.

나는 아침 새소리에 시끄러워서
일어난다는 말이다.

모두 다 가질 수는 없다.

2.

시골에서 전원생활을 한다고 하면 거의 대부분의 사람들이 아파
트 생활이 나은지, 시골생활이 나은지를 묻는다. 장단점이 있다고
말을 해주지만 그 물음에 정답은 없다. 아파트 생활이 좋은 사람은
아파트가 좋을 거고, 시골생활이 좋은 사람은 시골이 좋을 거니,
어느 쪽이 정답이라고 단답형으로 말해줄 수는 없다.

"여보 후박나무 밑에 낙엽이 너무 많이 쌓였어! 고인돌 위에 새똥
도 좀 치우고."

아침에 일어나 뒷문을 열고 나가는 내 등에 아내의 잔소리가 꽂
힌다.

"그놈의 새똥."

우리 집 마당 한가운데에는 커다란 후박나무 세 그루가 그 위용을 자랑한다. 후박나무 아래에 고인돌 모양의 바위와 의자 모양의 돌들이 운치를 더해주고, 여름이면 그 자리가 바람이 통하는 통로인지라 우리 집에서 가장 시원한 명당자리다. 세상의 이치가 모든 것을 다 가질 수는 없듯이, 즐기는 운치가 있으면 수고스러운 번거로움이 같이 있다. 내 집이기에 그 수고는 내가 감당할 내 몫이니 조금만 게으름을 피워도 바위의자는 온통 새똥으로 뒤덮인다. 잎이 무성하고 넓게 벌린 후박나무 가지가 동네 새들의 놀이터 겸 모임 장소다. 수십 마리의 새들이 진을 치지만, 내가 아는 새 이름은 참새뿐인데도, 그 애들도 나를 알지 못할 텐데도, 내 집 내 나무를 놀이터로 삼고 있다. 지들이 싼 똥은 지들이 치우면 놀이터를 제공함에 그리 불만은 없겠으나 새가 지 똥 치운다는 소리는 들어본 적이 없이 그 기대는 이미 물 건너갔다. 새가 이리도 많은 똥을 싸는지 시골에 가서야 처음 알았다. 매일 씻는데도 다시 새똥 천지다. 하기야 똥을 안 싸면 새들도 건강하지 못하겠기에 '그래 싸라 싸!' 해보지만, 고압호스로 물을 뿌려댈 때마다 점잖은 체면에 점잖치 못한 소리가 절로 나온다.

"꽃 피고 새 우는 집? 개뿔!"

낭만이 절반이면 낭패도 절반이다. 절반의 낭패를 견디지 못하면 절반의 낭만도 즐기지 못한다. 전원생활을 동경하여 시골생활을 묻는 지인들에게 내가 쫙 끼얹는 찬물이다. 고인돌 탁자 위에 물을 뿌려 새똥이 정리되면 마당에 깔린 잔디를 살핀다. 집 앞마당의 푸른 아름다움을 보고자 거의 천 장이나 되는 사각 잔디를 구입하여 직접 식재를 하였더니 푸르기는 오지게도 푸르러졌지만, 내가 잔디를 즐기는 게 아니라 내가 모시는 상전 중에 하나가 되었다. 잔디 위에 퍼질러진 개똥은 아침마다 치워야 하는데, 동네 개들이 마당을 순찰하고 순찰지역을 표시한 흔적들이다. 내가 사는 내 집을 왜 제 놈들이 순찰하는지, 매일 꼬박꼬박 들어서서 기어이 잔디 위에 흔적을 남긴다. 흔적의 모양을 보면 순찰병이 한 놈만이 아니다. 잔디 위의 흔적이라 자세히 보지 않으면 신발로 뭉개는 낭패를 볼 수 있어 그때그때 찾아서 치워야 한다. 이렇듯 이곳저곳 밤새 사건 사고가 없었는지 집 한 바퀴를 돌고 나서야 욕실에 들어가 씻는다.

출근 준비를 마치고 나면, 나는 커피를 내린다. 분쇄기로 갈아서 내리는데, 갓 갈아 내린 커피를 보온병에 담아두면 아내가 출근하며 가지고 나간다. 아침에 맡는 커피향은 하루를 시작하는 '스타트 건' 격이다. 번거로운 일이지만, 출발신호가 있어야 하루가 시작된다. 내가 먼저 출근 준비를 마치고 차에 시동을 걸고 나면 아내가 나온다. 김 기사가 대기해둔 차를 타러 나오는 사모님 포즈다. "김

기사, 운전해~!"라고는 하지 않으니 다행이다.

내가 운전하는 차량은 아내가 근무하는 학교를 먼저 향한다. 25분 정도의 거리다. 사모님을 내려준 후 나는 다시 내 직장으로 출근을 하는데, 걸리는 시간이 다시 20분가량이다. 아내는 운전경력이 10년 정도 되는 중보운전이지만 따로 차를 사지 않고 있다. 출근시키는 나의 번거로움을 몇 번이고 호소해도 요지부동이다. 시골로 가자며 꼬드겼던 내 공약이 요지부동의 명분이다. 몇 년을 지켰으니 신뢰감은 입증되었고, 이제 김 기사도 늙었으니 독립을 시켜달라 저항을 해보지만 아직은 그 독립의 시기가 오지 않았다. 출근시켜주겠다는 공약이 시골행의 주요 전략이었으니 나도 딱히 할 말은 없다. 김 기사 역할은 1년을 생각했는데, 5년이 다 되어간다.

시내에 직장을 둔, 어설픈 귀촌생활은 이렇게 하루가 간다. 커피 내리는 낭만이 절반이면, 새똥, 개똥 치우는 낭패와 출근의 고단함이 또 절반이다. 나는 그래도 절반의 낭만을 포기할 수 없어 이렇게 시골생활을 계속하고 있다. 이번 주말은 비가 내려 마당에서 커피를 볶지 못했다. 내일 아침 내릴 커피가 얼마 남지 않았을 텐데 두 잔이 나올지 걱정이다.

3.

미래에 대한 꿈과 희망은 착각이 많은 것처럼, 내가 생각한 전원 생활은 새똥, 개똥 치우는 생활이 아니었다. 시골에서 수입을 얻을 생각은 없었으니, 잎이 넓어 그늘이 좋은 선선한 나무 아래서 읽고 싶은 책을 읽고, 듣고 싶은 아름다운 음악을 듣고, 내 말만 알아듣는 말 잘 듣는 진돗개와 새침하지만 내게는 살가운 고양이를 키우는 내가 있었다.

아침에 일어나면 지저귀는 새소리에 기분 좋은 웃음을 짓고, 창문을 열면 시골의 아침 공기가 내 몸의 세포를 깨워야 했다. 잠옷바람에 마당에 나서는 나를 반기는 것은 하얀 털의 말 잘 듣는 진돗개였다. 사료를 찾으러 창고에 들어가는 나를 진돗개는 가만히 앉아 기다리고 있고, 개가 무서운 고양이는 저쪽 담 옆에 앉아 털을 다듬고 있다. 진돗개 밥그릇에 사료를 부어준 나는 새침한 고양이를 최대한 사랑스런 표정으로 쓰다듬어주고, 고양이 사료에는 진돗개에게 주지 않았던 생선 한 마리를 몰래 넣어준 후 고양이의 흐뭇한 표정과 고마운 눈길을 뒤로하고 집으로 들어온다. 아내가 차려놓은 아침상은 고사리나물과 취나물무침에 짜지 않은 시래기된장국이 차려져 있고, 상을 물린 부부는 각자 차를 몰고 직장에 출근한다('각자', 이 '각자'가 가장 핵심이었는데). 직장에서 피곤한 하루를 보낸

부부는 퇴근 후 대문 앞에서 서로를 격려하고, 내가 마당을 둘러볼 시간에 아내는 텃밭에서 키운 채소로 다시 저녁상을 차린다. 설거지는 내가 담당하고, 잠을 방해하지 않을 만큼의 카페인만 들어간 이브닝 커피를 내려 아내에게 건네준 후, 나는 내 방에 들어가 어제 읽다 만 책을 이 세상에서 가장 편한 자세로 읽고, 열 시면 노트북을 꺼내어 글을 쓰기 시작한다. 열 시부터 시작한 글쓰기는 일사천리로 내리 두 시간을 달리고, 그날 나온 글에 만족한 나는 정각 자정에 잠을 청한다.

"개뿔!" 상상일 뿐이다.

전원생활과 아파트 생활은 몸을 쓰는 정도에서 천지차이다. 전원생활은 몸을 쉴 사이 없이 움직여야 한다. 움직이지 않으면 마당은 풀밭이 되고, 나무 아래는 새똥밭이, 진돗개 집 주변은 개똥천지가 된다. 아름답고 여유로운 낭만만을 생각하면 아주 큰 착각이고 오산이다. 그래도 딱 그만큼만 감수하면 나름 다양한 즐거움과 생각지도 못한 자극들을 느낄 수 있으니 선택은 항상 자신의 몫이다. 그래서 나는 새똥, 개똥을 치워도 시골생활에 몰표를 던진다.

경이로운 기쁨과
절정의 행복은 없을지라도

—
1.

한갓진 주말 오후면 나는 뒷짐을 진다.

강하지 않는 햇빛에 눈이 살짝 따가운 날씨

농약상을 나와 자전거를 타고 어딘가로 가는 할아버지

묶인 목줄을 연신 잡아채는 짜장면집 앞 백구

큰길 옆에 자리한 조그맣고 아담한 성당분소

휴일이라 문을 닫아둔 빨간 벽돌의 우체국

식당 앞길에 물을 뿌리는 욕쟁이 할머니

쇠톱으로 무언가를 자르는 철물점 할아버지

뭔지 모를 여유로운 마음에

나는 뒷짐을 풀고 집으로 향한다.

2.

"뒷산에 밤 주우러 가게 얼른 나와. 요즘 밤톨이 실할 거야."

가을이 깊은 토요일 아침, 아내가 서둘러 나서며 재촉한다. 뒷산 등산로에 밤나무가 무성하다. 가을이면 밤톨들이 제법 나뒹구는데, 시 소유의 산이지만 유명 산이 아닌 시골 뒷산인지라 등산객이 적어 우리 몫의 밤톨들이 제법 남아 있다.

"산에서 밤 주우면 안 돼! 그거 절도야."

나는 직업병인지 산에서 밤 줍기도 매번 꺼려진다.

"아이고, 밤 주워서 장사하자는 건가? 그냥 몇 개만 재미로 줍는 거니 괜찮아. 둘레길 돌자는 거지, 밤 줍자는 거 아니니까."

듣지 않아도 될 아내의 타박을 듣고 뒤따라 뒷산을 향해 나선다.

우리 집 뒤편이 '첨산'이다. 우리 마을은 첨산이 낳았다. 주변 마을은 모두가 첨산이 낳은 형제들이니 자식 복이 많은 산이다. 모양이 뾰족해서 첨산尖山인데 멀리서 보면 정말 뾰족한 원뿔형이다. 정상에 올라서면 고흥, 보성 등에 위치한 바다와 들판이 그 허리 즈음에 산의 형상을 올려놓고 있다. 허구의 지명인 '무진'으로 추정하는 실존의 순천만이 저 멀리 바다의 물빛을 받아 회색의 수로를 잇고 있다. 바다가 만들고 바다가 부숴버린 태양의 빛들은 옆 동네인 화포까지 비추고, 1월 1일이면 일출의 태양빛이 한 해의 안녕을 희망하는 인간들을 모으고 있다.

첨산의 정상과 내 집의 중간 지점에 등산로가 있는데, 한 발 폭의 오솔길이 옹졸하지만 아늑하다. 길섶에 위치한 조그만 밤나무들이 가을이면 그 열매를 내놓는데 그 아래를 지나는 나와 아내의 산책길 재미를 더해준다. 길의 느낌이 아늑함을 준다면, 산의 기운은 청량함을 준다. 청량한 숨을 한껏 들이키며 마실 나온 걸음으로 천천히 걷다 보면 소요되는 시간이 두 시간가량이다. 마실 걸음도 두 시간이면 제법 운동이 된다.

작은 오솔길 사이사이로 언뜻 담비들이 줄행랑을 놓는데, 이 조그만 산의 조그만 생명체가 그리 반가울 수 없다.

"아, 폭포만 있으면 딱인데."

오솔길의 중간중간에 계곡이 보이지만 물길의 흔적일 뿐 물은 보이지 않는다. 폭포가 없음을 아쉬워하는 아내의 마음과 달리, 산은 이미 큰물을 품을 정글은 잃었지만, 비 오는 날이면 이 산속에는 출처를 모르는 물소리가 폭포의 희망을 품게는 한다.

3.

우리 집을 기준으로 산 건너 아래편이 면소재지의 마을이다. 주민센터라 불리는 면사무소가 그 중심에 자리하고, 갯벌로 향하는 대로변 양쪽으로 조그만 상가들이 소박하게 자리해 있다.

길 하나를 건너 면사무소 바로 앞에는 맛집으로 꽤 유명한 '욕쟁이 할머니집'이 있다.

"자네, 별량으로 이사 갔다며? 거기 면사무소 앞에 욕쟁이 할머니집 있제? 거기 유명해. 나도 몇 번 가봤고."

별량으로 이사 간 첫해에 지인들이 가장 먼저 아는 체했던 장소가 욕쟁이 할머니집이다.

이름이 "동백식당"인데, 별량의 특산물인 짱뚱어탕과 주꾸미 요리를 판다. 욕쟁이 할머니가 운영하는 밥집들은 전국 어디나 한두 군데는 있지만 우리 마을의 욕쟁이 할머니는 그녀만의 특색이 있다. 할머니의 컨셉은 온통 빨강이다. 머리부터 발끝까지가 빨강인지라 처음 보는 이들은 깜짝깜짝 놀란다.

나는 최근 주꾸미 전골을 포장 구입하러 식당에 들렀다.

"시금치가 요즘 비싸서 많이 없어. 야채에서 물 나오니까 물을 따로 넣지 마. 맛있게 묵어."

할머니의 찰진 욕은 예전보다 많이 줄었다. 몇 년 전까지만 해도 할머니 욕은 내 얼굴이 화끈거릴 정도로 찰졌었다.

"주는 대로 쳐먹지 뭘 더 달라고. 맛도 ×도 모르는 것들이."

시금치 좀 더 달라는 요구에 할머니의 대꾸였는데, 처음 겪은 나는 동그란 눈으로 할머니를 쳐다보다 먹는 둥 마는 둥 하고 얼른 도망치듯 나왔었다.

세월이 흐르면 모든 게 변하듯 할머니의 욕도 이제 그 정도가 많이 줄었다. 욕이 할머니의 컨셉 역할을 하지 못하고, 식당을 찾는 손님들이 불쾌감을 표하면서 욕도 이제 그 의미를 잃게 된 것으로 보인다. 그래도 주말이면 주차된 차들이 꽤 있어 아직 할머니의 유명세는 그런대로 유지되고 있다.

할머니의 빨강 옷은 스님이 입혔다고 한다.

"이 집은 기가 너무 세서 식당을 하면 망할 자리니, 나가기 싫으면 기를 누르는 빨강색 옷을 입으라."

식당 앞을 지나던 용한 스님이 준 조언이었다는 것인데, 스님이 주꾸미나 짱뚱어탕을 파는 식당을 왜 갔는지, 빨강색 옷을 입으면 왜 기를 누른다는 것인지 모르지만, 아무튼 그 스님 덕분에 할머니는 빨강색 옷을 입게 되었고, 더불어 할머니 스스로 기를 한층 더 키우기 위해 찰진 욕까지 추가했단다. 그 식당 자리를 떠나기 싫은 할머니의 자구책이었으리라.

그래서 할머니의 욕에는 감정이 없다. 욕에 악이 실리지 않으니 듣는 이도 화가 없다. 찰지게 들어도 기분이 나쁘지 않다. 놀람은 있지만 상처는 없으니 이내 모두 재밌어 한다. 살고자 입었던 할머니의 빨강 옷이 이제는 할머니의 삶이 되고 복이 되었을 테니, 주지 스님 몰래 주꾸미를 드시러 왔을 그 용한 스님이 고맙다.

—
4.

욕쟁이 할머니집 외에도 맛집이 하나 더 있다. 동백식당을 오른쪽에 두고 모퉁이를 돌아 50미터쯤 가면 나오는 '장터국밥'집이다. 국밥집 주인은 순하다. 순하다는 의미는 욕쟁이 할머니처럼 욕은 하지 않는다는 의미다. 뜨끈한 국물에 소주 한 잔이 생각나면 나는 퇴근길에 가끔 국밥과 수육을 사 간다. 국밥집엔 여지없이 동네 할아버지 몇 분이 국밥 한 그릇에 소주를 마시는데, 그걸 보고 내가 소주를 참을 길이 없다. 아내의 지청구가 무섭기는 하지만, 국밥에 소주 한잔은 음식이 아니라 예술이다.

국밥집 건너편에 농기계 수리 센터가 자리하고 있다. 센터 사장님은 마을에 들어온 첫해에 내게 설교를 해주신 분이다. 예초기가 고장이 나 고치러 갔다가 한참 동안 설교를 들어야 했다. 시골에 왔으면 예초기 정도는 직접 고칠 줄 알아야 한다는 게 사장님 설교의 요지였다. 오천 원의 수리비 겸 수강료를 지불하고 들었던 사장님의 설교는 내게 피가 되고 살이 되었다. 지금은 내가 예초기 정도는 직접 고칠 수 있게 되었으니 말이다. 잔디 깎는 기계가 고장 났을 때는 그 집에 가지 못했다. 사장님의 설교가 고맙기는 하지만, 재수강하고자 하는 맘은 없어서였다. 몇 킬로가 떨어진 시내 근처 수리 센터에서 아무런 설교 없이 수리를 할 수 있었지만 설교가 없어서인지 잔디 깎는 기계는 내가 고치지 못한다. 용기를 내서 언젠가는 사장님의 설교를 감수하면 잔디 깎는 기계도 내가 직접 고칠 수 있을지 모르겠다.

5.

없는 거 빼고 다 있는 마을이라 그런지 요즘 우리 마을로 이사 오는 사람들이 꽤 있다. 순천이라는 소도시에 살지만 전원생활을 하고 싶은 사람들이다. 어릴 적 살았던 동네라서 들어오는 사람, 순천과 가까우니 들어오는 사람, 첨산의 기를 받고자 들어오는 사람, 시골생활을 즐기고자 들어오는 사람 등등 각각 다른 이유로, 각각 다른 목적으로, 각각 다른 희망을 품고 살 집을 꾸민다. 나는 모여

드는 풍경이 좋다. 우리 마을로 들어와 내 이웃이 많아지니 그 풍
성함이 좋다. 예전처럼 이웃집 숟가락이 몇 개인지까지 아는 동네
가 되면 좋겠다. 우리 집 숟가락도 몇 개인지 모르는데 좀 오버 같
긴 하지만, 아무튼 우리 동네 사람들이 많아져 좋다는 것이고, 우
리 마을이 좋다는 촌스러운 자랑이다.

한갓진 주말 오후면 나는 뒷짐을 지고 면소재지를 한 바퀴 돌아
본다. 요즘 시골 거리엔 사람들이 없다. 어느 시골이나 다를 바 없
지만, 한적한 시골거리는 더 한갓지다.

시골 거리 묘사는 딱히 어렵지 않다. 있는 그대로만 쓰면 그게 바
로 시골 풍경이다. 강하지 않은 햇빛이지만 눈이 살짝 따가운 날씨
에, 농약상에서 나와 자전거를 타고 어딘가 가시는 할아버지, 짜장
면집 앞에 묶여 연신 목을 잡아채고 있는 백구, 조그맣고 아담하게
지어진 성당분소, 휴일이라 문을 닫아둔 우체국, 식당 앞에다 물을
버리는 욕쟁이 할머니, 무언가 연신 잘라내는 철물점 할아버지, 어
디서든 볼 수 있는 평범한 시골마을의 주말 풍경 그대로다.

자랑이랄 것 없는 이 평범한 일상의 하루에 나는 평온함을 느낀
다. 경이로운 기쁨이나 절정의 행복은 없을지라도 평화로운 이 일
상이 고맙다. 자전거 타는 할아버지에게 막걸리 한잔 대접 못 했어
도, 짜장면집의 백구에게 뼈다귀 하나 던져주지 못했어도, 같은 울

타리 안에 있는 것처럼 친근하고 정겹다. 무탈한 하루가 그들 덕은 아니듯이, 무탈치 않는 하루도 그들 탓은 아니듯이, 서로를 모르나 서로를 탓하지 않는다. 그들이 사는 마을에 나도 속해 있음에 안도하고 아직은 살아 있는 생명이기에 그들의 온기를 느낀다. 살짝 따가운 햇빛에 뒷짐 진 손에 땀이 차오른다.

남편과 자식의 차이

1.

남이 내게 소고기를 사주더라도

너무 게걸스레 먹지 않게 하소서.

혹, 게걸스레 먹는 내 모습이 보기 좋지 않더라도

내게 소고기 사는 그 사람에게는 축복을 내려주소서.

제 자식에게는 제 돈으로 사는 것을 눈감아 주소서.

제 자식 먹일 고깃값에는 돈 아까운 줄 모르는 제 아내를 용서하

소서.

제게는 한 팩이지만, 자식에게는 네 팩을 사는 아내를

저는 이미 용서하였나이다.

그러니, 혹시 몰라, 오늘도 로또 한 장 사는 저를 눈감아주소서.

어젯밤 꿈이 좋아 어쩔 수 없었으니,

이리 유혹에 약한 어린양을 당첨으로 구원하소서.

2.

아내는 수박을 좋아한다. 지금도 좋아하고, 예전에도 좋아했다. 아내와 결혼생활을 시작할 당시 아내는 수박을 엄청 찾았다. 수박 때문에 여름을 좋아할 만큼 수박 광이었다. 큰애를 가졌을 때는 유독 수박을 찾아서 돈 없는 내가 난감할 때가 많았다. 그때는 다들 그랬지만 우리는 상하방이라는 셋방살이부터 시작했다. 지금은 상하방이라는 셋방 단어가 사라지고 없으니 젊은 사람들은 그 단어를 모를 수도 있겠다.

셋방살이의 부부는 돈이 없었다. 좋아하는 수박을 먹고 싶을 때마다 매번 사 먹을 수 있는 형편이 아니었다. 지금은 신용카드로 사 먹고 다음 달에 메꾸면 되지만 그때는 당연히 그것도 없었다. 현금으로만 살 수 있었기에 우리는 수박이 먹고 싶은 날엔 숨은 동전 찾기를 해야 했다.

서랍 어딘가에 동전이 있을지, 비키니장 아래 혹시 동전이 굴러

들어갔을지, 작년 입던 옷에 혹 꺼내지 못한 동전이 있을지, 30분을 뒤지면 그래도 어찌어찌 수박 살 돈이 나왔다. 신기하게도 며칠 전에 숨은 동전 찾기를 했음에도 또다시 찾아지는 동전이 있었다. 물론 달디 단 큰 수박은 못 샀지만 조그맣고 곯기 직전의 떨이 수박을 말바우시장에서 살 수 있었다. 수박을 들고 오는 발걸음은 브랜드 신발 얻어 신은 아이처럼 어찌 그리 좋았던지. 곯기 직전이라고 산 수박이 이미 곯았다는 걸 알기 전까지는.

—
3.

그렇게 수박을 사 먹던 일도 이제 다 추억이지만 아직도 먹을 거 사는 데 고민을 한다. 당연히 돈 때문이다. 돈이 없어서라기보다는 돈 걱정 없이 쓸 정도의 경제적 여유까지는 아직은 없어서일 게다.

"여보, 한 팩만 사요."

아내와 나는 오늘은 소고기에 와인 한잔하자고 마트에 들렀다.

"한 팩이면 좀 적은 거 같은데. 두 팩 사지?"

"안 돼. 한 팩만 해도 벌써 3만 원이 넘는데 두 팩이면 6만 원이잖아. 애들 먹이는 것도 아니고 우리 둘이 먹자고 6만 원을 쓰는 건 좀 아니야."

아내도 소고기 한 팩이면 양이 좀 적다고 생각하지만 두 팩까지 사기에는 금액 부담이 되는 것이다.

"고기만 사는 것도 아니고 상추, 마늘, 고추, 그리고 와인도 사야 하는데 한 팩만 집어."

나는 아내의 말대로 한 팩은 다시 내려놓고 한 팩만 카트에 넣었다.

맞벌이에 직장생활 근 30년을 했지만 아직도 소고기 한 팩에 이러고 산다. 하지만 애들이 오면 사정이 다르다.

"네 팩 가지고 애들 어떻게 먹인다고 달랑 네 팩만 사?"

애들 온다는 연락을 받고 마트에 간 날, 아내의 이야기다. 나는 식구가 네 명이니 네 팩만 들어 올린 것인데.

"충분히 사요! 애들 한참 먹는데 괜히 감질나게 하지 말고!"

'내가 언제 감질나게 했다고.' 우리가 먹을 때는 3만 원이 아깝고, 애들 먹을 때는 20만 원을 아까운 줄 모른다. 그래도 수박 먹으려 동전 찾던 때보다는 풍족하니 살만해진 건 사실이다. 와인 한 잔 먹는데 소고기 한 팩이면 충분하지 뭐.

4.

자식에 관해서는 엄마는 저울이 없다. 자식과의 비교 대상은 존재하지 않는다. 내 아내는 임영웅을 신성시하고 있지만, 자식은 그 신에 우선하니 그 신을 제대로 믿는 것인지 신심이 의심스럽다. 요즘 자식들은 나름대로 잘 먹고 다녀서 예전 우리 클 때처럼 고기에 딱히 탐을 내지 않는다.

엄마들도 그 사실을 뻔히 알기에, 아무리 고기를 많이 사두어도 자식이 소고기 한두 점밖에 먹지 않는다는 것을 뻔히 알고 있음에도 굳이 소고기 열 점을 사두고 혹시나 더 먹을 자식의 입만을 쳐다본다. 그간 키워온 자식을 엄마가 모를까, 자식은 매몰차게도 한두 점 이상은 먹지를 않는다. 지가 먹기 싫어 안 처먹는 자식인데도 몸이 좋지 않아 음식을 넣지 못하는 것으로 엄마 스스로 대본을 쓴다. 제 엄마 성의를 생각해서 한 점이라도 더 처먹으면 좋겠지만 자식 놈들은 딱 제 양이 차면 숟가락을 놓고 일어선다. 엄마는 한 점이라도 더 먹이고 싶어서 조금만 더 먹으라 채근하고 남편은 그 꼴이 보기가 싫다.

"먹기 싫다는데 그냥 내버려두지?"

남편의 쓸데없는 한마디에 모든 화살이 남편에게 향한다. 지난번부터 아들놈 몸이 별로였는데 그때 좀 신경을 쓸 것을 내버려뒀더니 애가 몸이 상했다. 저 나이에 제대로 먹지 못하면 결혼해서 힘들다. 자신이 생각해도 억지일 대본을 막힘없이 지어낸다.

　요즘 애들은 다 알아서 지들이 챙겨 먹을 텐데, 고기 못 먹어서 몸 상하는 애들은 없을 텐데, 오히려 고기를 너무 많이 먹어서 몸이 상할 테니 중년의 엄마들이여 어지간하면 남편이나 신경 쓰고 자식들은 내버려두라. 부모가 안 챙겨도 다 큰놈들은 다 알아서 잘 먹고 다닌다. 오랜만에 와인 한잔하자고 갔던 마트에서 돈 아끼겠다는 아내를 보니 좀 심술이 났다. 수박 먹고 싶다고 했던 젊은 시절에 원 없이 수박을 사주지 못했던 상황이 미안하기도 하고. 요즘은 수박 살 돈이 없어서 못 먹지는 않지만, 조금 비싸다 싶으면 아직도 사 먹지를 않으니 그때나 지금이나 별반 달라진 것도 없다. 자식들에게 먹일 소고기 살 때 빼고는.

　남편들은 자식들 먹을 때 그냥 한 점 얻어먹고 만족하든지, 이 꼴 저 꼴 보기 싫으면 밖에서 먹고 다니시길. 자식과 남편의 차이를 받아들이고 사시길.

현명하게 나이드는 법

1.

치과는 왜 그렇게
가기 싫은지 모르겠다.

치과는 왜 그렇게
비싼지 모르겠다.

치과는 왜 그렇게
병원마다 비용이 다른지 모르겠다.

아, 치과 가기 싫다.
애들은 의사선생님이 사탕 하나씩 주던데,

그래도 하루라도 빨리 가야 손해가 적다.

2.

"임플란트 가격이라는 게 치과마다 다른 부분이잖아요? 선생님
도 알아보셔서 다 아시는 부분, 그런 부분일 거예요."

무슨 부분이 그렇게 많은지 간호사는 이런 부분이잖아요, 저런
부분이잖아요를 연발한다. 항상 생각하는 것이지만 왜 치과 비용은
그리 비싼지, 그리고 치과마다 임플란트 비용이 달라야 하는 이유
는 뭔지. 하긴 카센터에서도 똑같은 부위를 똑같은 부품을 가지고
고쳐도 비용이 다르긴 하더만.

"이게 일반 임플란트고요, 이게 고급 임플란트예요. 이 임플란
트를 잇몸에 심을 거예요. 심는다고 할까요, 고정시킨다고 할까요,
어쨌든 그렇게 하는데 금액 차이는 30만 원 정도 나는 부분인데요.
가격 차이가 있는 만큼 품질의 차이도 있는 부분이거든요."

임플란트를 내 앞에 가져다 놓고 고급이다 일반이다 하면 내가
그걸 어떻게 알 거라고 간호사는 쉬지도 않고 설명을 해댄다.

"그리고 선생님 치아는 건강한 편이긴 한데, 파인 부분이 많아서
그걸 메운다 할까요, 때운다 할까요. 그런 부분이 필요한 부분이거

든요. 그 파인 부분이 작으면 C1이라고 하고요, 좀 크면 C2라고 하는데 이것도 3만 원의 비용 차이가 있어요."

치과에 가면 치료 전에 간호사의 상담을 받아야 한다. 간단한 스케일링 정도가 아니고 레진이라는 것으로 치아를 때워야 하거나 임플란트를 해야 하는 경우라면 간호사의 상담은 필수 코스다. 치료에 대한 상담을 하는 게 아니고, 간호사가 돈이 얼마나 들어갈 건지 돈 상담을 먼저 하는 것이다. 그만큼 치과 치료비용은 비싸다. 경제적으로 출혈이 커서 큰마음 먹고 치료를 시작해야 한다. 그러다 보니 치료 시기가 늦어지고 미련스럽게도 치아 상태를 최대한 돈이 많이 들게 만들고 나서야 치과에 간다. 그러니 당연히 돈이 많이 들지.

"당신 이빨 한 개 뺀 거 빨리 임플란트 해야 하지 않아?"

"해야지……."

"빨리 치과에 가. 돈 없어?"

돈이 없지 그럼 남아돌까. 아내는 이빨 치료를 빨리 하라고 독촉이지만 한번 치료 시작하면 백만 원이 훌쩍 넘어서고, 한두 번 치과 방문으로 끝나는 치료가 아닌지라 치료 시작할 마음을 먹기가 쉽지 않다. 더구나 돈과 시간도 문제이긴 하지만 이놈의 술자리가 더 문제다. 치과치료를 시작하면 당분간 술을 마시지 못할 것이니 이번 모임만 끝나고 시작하자, 다음 주 회식 끝나면 바로 시작하자, 매번 마음을 먹지만 그때 되면 또 다른 술자리 이유가 생긴다.

"당신, 술 마시고 싶어서 치과 안 가는 거지?"

"아니야, 내가 뭐 알콜중독인가……."

"그런 거 같은데 뭐. 당신이 치과 안 갈 이유가 뭐 있어? 요즘은 사무실에서 시간 여유도 있는 거 같고, 지난번에 상여금도 받았을 테고."

하여간에 눈치는 백단이다. 뛰어봐야 마누라 손바닥 안이니 치과에 가긴 가야 한다. 이번 주는 이미 술자리 약속이 잡혔으니 다음 주 월요일에 꼭 가야겠다고 마음을 먹는다. 다음 주 수요일에 친구 놈이 한잔하자고 했는데…….

결국 큰맘 먹고 가기 싫어하는 발걸음을 엄청난 의지로 이겨내고 사무실 가까운 치과에서 상담을 받았다. 간호사가 '부분'을 연발하며 제시한 치료비용은 무려 300만 원, 최대한 표정 관리를 했지만 '헉' 소리가 난다. 먹지도 못할 피 같은 목돈이 입안에 들어갔다. 먹을 거라면 배라도 부를 텐데. 이럴 줄 알았으면 평소에 치아 관리 좀 제대로 할 걸. 진즉 치과와 친해두었으면 이런 목돈 입 안에 털어넣지 않아도 되었을 텐데. 치과의사 아들 하나 입양할까?

―

3.

아이들 클 때 치아교정을 하느라 수백만 원씩 들어갔던 기억이 있다. 여유가 많지 않은 수입으로 수백만 원의 교정비를 마련하느라 아내가 고생이 많았지만, 지금 애들 치아를 보면 딱히 표시도 나지 않는다. 이제 그 치아비용을 내가 쓰게 생겼다. 아직까지는 그런대로 쓸 만하지만 언제 무너질지 모를 나이가 가까워졌다. 건강을 생각할 나이가 되면 늙은 것이라고 하더니 이제는 정말 그 나이가 되었나보다. 나이듦을 스스로 인정하고 부족함을 미리 미리 메워가는 게 현명하게 나이 드는 방법일지도 모른다.

아직은 원빈이고 싶어서

1.

요즘은 젊으나 늙으나 외모에 참 관심이 많다. 회사 직원들만 보더라도 50대인 데다 곧 환갑을 바라보는 나이의 중년 인간이 얼굴에 동그랗고 조그만 밴드 같은 것(이름이 있을 텐데 모르겠다)을 붙이고 다닌다. '점'을 뺀 것이다.

"얼굴에 무슨 짓을 했소?"

나는 아침에 만난 선배 직원의 얼굴에서 전날은 못 봤던 공사의 흔적을 발견했다. 코로나 때문에 쓰는 마스크로 얼굴 아랫부분은 은폐했지만, 눈 옆에 있는 무슨 짓의 증거는 미처 은닉하지 못했다.

"응, 집사람이 하도 점을 빼러 가자고 해서 갔더니 거의 벌집을 만들었구먼."

"마스크 한번 벗어보시오. 이거 나중에 전부 깨끗해진답디요?"

"응, 한 달만 지나면 원빈 같이 된다던디."

"원빈이 점 빼서 이뻐졌답디요?"

하긴 요즘은 꽃중년이라는 말도 있듯이 얼굴이 깨끗해서 나쁠 게 없다. 깨끗한 얼굴은 아무래도 자기관리 잘하는 사람으로 보이기도 하고 인상이 좋아 보여, 어지간한 추남이 아니면 잘생겨 보이기까지 한다. 이렇게 말을 하는 것을 보면 나도 관심이 있기는 하나 보다. 나도 점 빼면 원빈 되려나?

"여보, 당신 얼굴 점 빼자!"

저녁식사를 하다 내 얼굴을 쳐다보던 아내가 갑자기 점 이야기를 꺼낸다.

'헉, 이 사람 신 내린 거 아니야?'

퇴근 후, 점 이야기 점도 안 찍었는데 점 이야기를 꺼내는 아내가 갑자기 무서워진다. 하긴 뭐 요즘 무속인이라는 분들도 자식들 잘 나서 TV에 나오기도 하더만. 이수근 엄마도 그렇고, 영탁 모친도 그렇다고 하고. 신 내렸다고 하면 그냥 쿨하게 진로 방해는 말아야지. 혹시 내 아들들이 유명해질지 모르니. 이럴 때 남편이 쿨하면 얼마나 멋지겠어.

"당신 내가 오늘 회사에서 점 빼는 이야기한 거 어떻게 알았어? 혹시 점 쳐봤어? 점 쳐보니까 나온 거야? 신 내렸어?"

"무슨 소릴 하는 거야? 당신 회사직원도 점 뺐어요? 요즘 코로나 때문에 어차피 마스크 쓰고 다녀야 하니까, 이번 기회에 얼굴 점을 빼는 사람들이 많대. 그니까 당신도 오른쪽에 점 생긴 거하고 조그 만 사마귀 같이 생긴 거 빼버려요. 얼굴이 깨끗해야 인상이 좋아 보 이지. 덕분에 나도 같이 가고."

어처구니없는 표정으로 날 쳐다보던 아내는 흰소리하지 말라며 일갈하고 만다. 다행히 신 내린 것은 아닌가 보다.

"내가 얼굴에 뺄 점이 어디 있어? 이런 거 한두 개는 잘 보이지도 않아. 그리고 내가 점을 안 빼도 원빈은 못 돼도 박현빈은 되는데 뭘."

낮에까지는 원빈이 되고 싶더니 막상 멍석을 깔아준다고 하니 귀 찮아진다. 사람 맘이라는 건 왜 이런지 모르겠다. 막상 해준다고 하면 꼭 이러니 아직 원빈이 되지 못했지.

"박현빈이 곤드레만드레 돼서 쫓아오겠네요. 뺄 점이 왜 없어요? 여기, 여기, 여기 뺄 점이 한두 개가 아니고만. 날짜 잡을 테니까 암말 말고 그날 시간 내요. 나 피부과에 태워다 준다고 생각하면 되 지."

본심은 자기 피부과 가는데 운전기사 시키려고 생색내는 것 같다 는 의심이 살짝 들기는 하지만, 닭이 발 털듯이 탈탈 털고 반항하기에는 나도 내심 가볼까 하는 생각도 없지 않으니, 별다른 대꾸를 하지 못한다.

"알았죠? 피부과 예약해요?"

"근데 점 뺄 때 아프나?"

이제 점 빼는 건 기정사실화되고 말았다.

"조그만 점 하나 빼는데 뭐가 아프겠어요? 피부 마취도 하고 레이저로 하는 거니까 아프지도 않대요. 그런 거 잘 참는 사람이 왜 그래요?"

'잘 참는다고 통증도 못 느끼나? 아픈 건 아픈 거지.'

"그나저나 점 빼는 데 비용 많이 들지 않나? 당신도 하고 나도 하면 비용이 꽤 나올 것 같은데."

나이 먹은 중년남자가 막상 점을 빼러 피부과에 가야 한다고 생각하니 뭔가 민망하고 어색하여 한 번 더 트집을 잡아본다. 물론 돈 걱정도 되고.

"그렇게 많이 안 들어요. 제 친구 박 선생 있잖아요. 박 선생 동생 남편이 피부과 한대요. 미리 말해둔다고 했으니까 싸게 해줄 거예요. 박 선생도 거기서 했는데 피부가 깨끗해져서 10년은 젊어 보이더라니까요."

'10년은 무슨, 벤자민 버튼도 아니고.'

점 하나 빼는 데도 혈연, 지연 찾으니 세상살이 참, 피부과 아는 사람 없으면 점박이로 살겠네. 뭐 그래도 세상 살면서 나쁜 짓만 아니면 아는 사람 통하기도 하고 그렇게 사는 거지. 점 빼서 원빈 되면 어떡하지?

2.

나이 들어도 얼굴이 깨끗해 보이는 사람이 보기가 좋다. 술, 담배, 그리고 생활에 찌들어 시커먼 얼굴을 치켜들고 다니면 자기관리 못하는 이로 무시되기 쉽다. 건강해 보이는 얼굴이 좋다는 말이다. 타고난 외모는 인간의 서열이 될 수 없음에도 요즘은 외모 또한 상대방 판단의 기준이 됨으로써 결국 간택 서열의 요건이 되고 말았다. 옛 시대에 어떤 이는 양반으로 태어나고 어떤 놈은 상놈으로 태어나니 그 부당함에 혁명을 했는데, 타고난 외모를 어찌할 수 없음에도 이것으로 간택 서열을 정하려 하니 이 부당함에도 혁명을 해야 할지 모르겠다. 다만, 근래에는 혁명을 통하지 않더라도 이 가혹한 운명을 뒤바꿀 수 있는 마법의 술이 하나 있으니 바로 의술이다. 몇 년 전에 보았던 이가 완벽하게 다른 이로 변신을 하고 나타나니 의술의 발전에 놀랄 뿐이다. 점 하나 뺀다고 원빈 될 수는 없으나 타고남을 거역하고 놀랍도록 발전한 기술에 나도 기대려 하고 있으니 나 또한 현세를 사는 사람임이 명백하다. 스스로 그 기술을 찾아갈 용기는 없지만, 내 용기를 대신 가진 아내가 있으니 놀랄 만한 과학기술에 도움 받아 살아간다.

자신의 외모를 치장하는 데 많은 비용과 시간을 들이던 싱싱한 젊음은 지나갔지만 그렇다고 외모에 초연해지지는 않는다. 팔순, 구순의 어르신들이 경로당 출근 준비에 화장대 앞에서 상당시간을 소요하듯이 사람은 사람을 만나는 순간마다 설렘을 갖는다. 세월의 매정한 풍상도 그 설렘의 감정을 삭여내지는 못한다. 피부과로 이끄는 아내의 손에 못이긴 체 끌려가듯이 아직도 내 맘속에는 원빈이고 싶은 마음이 있다.

아내의 커피를 볶으며

―
1.

행복은 산에도

들에도

마트에도 없다.

행복은

산에 가는 걸음에

들에 가는 걸음에

마트 가는 걸음에 있다.

행복은

커피 볶는 향에

커피 마시는

아내의 입술에

아내의 눈에 있다.

불행은

연기 들어간 내 눈에

죽어라 커피 볶는 내 팔에만 있기를.

—
2.

나는 커피를 광적으로 좋아하지는 않지만, 커피를 볶을 때 나오는 향은 매우 좋아한다. 품질 좋은 콜롬비아산 아라비카 생두를 인터넷으로 구입해서 수명이 다한 팬으로 볶으며 그 향을 즐긴다. 향만을 즐기기 위해서 커피를 볶는 것은 아니다. 주말에 볕 좋은 날, 뒷마당에서 커피 볶는 연출은 폼 나고 재밌다. 아내에게 갓 볶은 커피를 서비스하고 아내의 칭찬도 덤으로 들을 수 있다. 갓 볶은 커피보다는 일주일 정도 숙성시켜야 맛있다고 하지만, 나는 그냥 갓 볶은 커피를 갈아 내린다. 갓 볶은 커피가 더 맛있다고 아내를 세뇌시키면 아내는 아는지 모르는지 맛있다며 속아준다.

나는 커피를 살짝 태운다. 커피콩이 살짝 탔구나 싶을 정도가 표면에 윤기가 나는데 그 정도의 상태가 보기에 좋다. 설탕물 입힌 돈부 과자 같다. 먹는 음식을 태우는 게 좋을 리 없겠지만, 그 정도 볶아야 향도 좋고, 윤기도 나고, 맛도 좋은 느낌이 든다. 윤기 나는 커피콩이 좋은 것은 아니라고 커피 교본에 쓰여 있다. 볶는 정도에 따라서 약배전, 중배전, 중강배전, 강배전으로 구분하는데, 그중 윤기 나는 정도는 강배전이고, 강배전은 스타벅스 등 커피 판매점에서 대량으로 볶는 정도라 한다. 교과서는 교과서고 나는 내 방식대로 볶아 마시면 된다는 고집이다.

휴대용 가스레인지에 팬을 달구고 생두를 넣어 볶게 되면 커피콩 껍질이 눈처럼 날린다. 그대로 두면 팬 안에서 타게 되니 부채로 연신 바람을 내어 껍질을 날려 보낸다. 왼손으로는 주걱으로 젓고, 오른손으로 부채를 부치니 손이 너무 바쁘다. 가끔은 아내의 손을 빌리는데 그 손은 5분을 못하고 그냥 들어간다. 급한 성격은 아닌데도 요리에는 진득하지 못하다. 아내의 표현대로 '한 큐에 쇼부를 보는 성격'이다(이 표현 용서하시길). 시간과 공을 들여 시나브로 요리를 하는 성격이 아니라는 것이다. 가끔 커피를 저어달라 부탁하면 센 불에 들들볶아 바로 태워버린다. 빨리 볶아 해치워버리려는 마음 때문이다. 아무튼, 커피 볶는 일은 내 몫이니 아내를 탓하지는 못한다.

매일 아침 내가 내리는 커피는 아내의 하루 일용할 피로회복제다. 아내는 출근하며 커피를 가지고 간다. 나는 보온병에 두 잔 정도의 커피를 담는데, 아내는 매일 아침 귀찮으니 하지 말라고 하더니 어느 날 예쁜 새 보온병을 사다가 탁자 위에 올려두었다. 거기다 담아달라는 거다. 동료 선생님들도 내가 내린 커피가 파는 커피보다 맛있다고 했다는데 사실인지 아닌지는 확인할 바 없으니 그냥 그러려니 속을 수밖에 없다.

앞서 말한 것처럼 나는 커피 향을 마신다. 내가 직접 마실 커피는 아니지만 매일 아침 커피 내리는 일을 마다하지 않는 이유다. 매일 아침 커피 향을 맡고, 아내가 좋아하는 커피를 보온병에 담아 내주는 하루 시작의 일과도, 그리 나쁘지는 않다.

—
3.

우리 집 거실에서는 떠오르는 아침 해가 보인다. 앞 동네에 봉화산이 솟아 있어 바닷가 일출보다는 약간 늦게 봐야 하지만, 출근 직전에 떠오른 해를 보며 커피를 내리는 시간은 나에게 여유와 안온을 준다. 아침의 달콤함이 피곤한 출근의 굴레를 잊게 한다. 나는 그리 풍족치 않고, 이제 그리 젊지는 않지만, 풍족치 않음이, 젊지 않음이 아침의 행복을 희석시키지는 못한다. 그래서 나는 매일 아침 커피를 내린다. 곰돌이 푸가 그러더라. 행복을 매일 느낄 수는 없지만, 한 번의 행복이 삶을 의미 있게 해준다고. 행복을 찾아가는 과정이 행복이라고. 그렇다고 이 글을 보는 중년의 남성들에게 아내의 커피를 내리라는 의미는 아니니 오해는 말라. 사실 피곤한 일이다.

허세도 좀 부리고 그런 거지

1.

나는 와인을 모른다. 가끔 와인 살 때를 대비하여 인터넷에 올라온 와인 사진을 휴대폰으로 찍어 보관해둔다.

"산타리타120 리저브 이스페셜 카버네쇼비뇽." 얼마 전, 와인전문기자가 소개한 와인이다.

이름은 길지만 가격이 만 원대라 나에겐 딱이다. 맛은 두 번째, 가격이 먼저다. 가성비가 좋다 하니 나도 그렇게 느낄 것이다.

아내 앞에서 멋지게 와인을 따른다.

드라마에서 봤던 폼으로, 와인 병 끝을 잡고

따른 후 오른쪽으로 살짝 돌려주는 센스, 허세로.

아내에게 먼저 한잔, 나도 한잔, 그리고 한 모금.

음~ 괜찮군(와인 맛을 아주 잘 아는 것처럼).

세상사, 허세도 좀 부려보며 사는 거다.

나는 평소에 술을 마시게 되면 거의 소주를 마시지만, 가끔 와인을 찾을 때가 있다. 친구 윤원장(병원장이다) 때문이다. 와인을 좋아하는 윤원장을 따라 맛도 잘 모르는 와인을 몇 년 마셨더니 혀 아니면 몸이 속았나보다. 내가 좋아하는 술이 '와인'인 것으로.

나와 아내는 대형마트에 장을 보러 가는 날 가끔 와인 판매점에 들른다. 정말 가끔이다. 대형마트 와인 판매점엔 와인 종류가 정말 많다. 와인을 좋아하는 사람들은 이걸 다 알고 선택을 하는 건지 의문이지만, 그렇다면 참 대단한 사람들이다. 이 정도 종류의 와인을 알려면 엄청난 공부가 필요할 텐데. 내가 소주나 맥주, 막걸리를 마신 햇수가 벌써 35년 정도인데, "참이슬"과 "잎새주"를 구별 못하고, "카스"와 "하이트"를 구별 못한다. 그래도 "순천막걸리"와 "여수막걸리"는 구분을 하는 것 같기도 하지만. 이것도 사실, '두 개의 맛이 다르다'라는 정도이지 어느 지역 막걸리인지를 구별하는 것은 아니다.

나는 나름대로 와인 구입 시 규칙이 있다. 첫 번째가 가격인데, 만 원대가 넘어서면 안 산다. 맛도 모르는데 비싼 건 낭비다. 두 번째는 라벨에 한글이 없는 거다. 아무래도 와인병에 한글 라벨이 있으면 '가오'(이 표현을 사용함을 용서하시길. 아무래도 이 표현만의 맛이 있어서)가 안 서는 것 같아서다. 세 번째는 포도의 품종이다. 내가 아는 포도 품종은 카베르네쇼비뇽과 메를롯, 피노누아 세 가지다. 어느 책에서 와인을 생산하는 대표적인 포도 품종이라 해서 외우고 있다. 물론 레드와인이다.

와인을 고르고 나면 식품판매대로 간다. 소고기 약간, 채소 약간, 오일, 허브솔트, 소스가 함께 포장된 스테이크 종류의 와인 안주가 있다. 고기가 조각으로 잘려있지 않고 통째로 들어있는 것도 있지만, 그보단 조각조각 한입 크기로 잘려있는 게 더 맛있다. 이 가격도 만 원대다. 소고기는 한우가 아니고 호주산이라 조금 아쉽지만, 만 원대에서 한우를 찾을 수는 없다. 다음은 샐러드다. 많은 종류 중에 나는 양배추 양이 많은 샐러드를 고른다. 씹는 맛이 나에게 가장 맞다. 샐러드를 마지막으로 이제 다 골랐다. 와인 한잔 마시자고 총 5만 원 가까이 들었으니, 소주 마시는 비용으로 치면 세 배 정도가 든다. '삼겹살에 소주가 최고인데⋯⋯'라는 생각이 계산할 때까지 떠나지 않는다. 결국, 가끔은 와인 한잔도 괜찮다는 것으로 생각을 정리하고 계산을 마친다.

—
2.

나는 안주 준비에 앞서 아내가 의도적(?)으로 선물한 앞치마를 폼나게 먼저 두른다. '폼생폼사', 뭐든 폼이 나야 기분도 난다. 내 주관적인 생각이니 정말 폼이 나는지는 모르겠다. 구입한 소고기 안주 조리법은 간단하다. 포장을 뜯고 소고기를 키친타올에 올려 핏물을 제거해준다. 고기 표면에 올리브오일을 살짝 문질러 바르고, 허브솔트를 뿌려둔다. 재료는 모두 함께 포장되어 있고, 조리 방법은 전단지 같은 종이에 순서대로 쓰여 있다. 남은 오일을 팬에 두르고 고기를 볶다가 야채를 넣는다. 야채는 피망, 버섯, 양파, 마늘 등이다. 야채는 잠깐만 볶으면 되니 고기만 익으면 재빨리 소스를 넣고, 같이 볶다가 모양 나는 접시에 담아내면 된다.

"오, 식당에서 파는 것 같은데."

"모양새는 그럴듯하지?"

"그러네. 당신 퇴직하면 여기 집에서 간단히 이런 장사해. 커피도 내리고."

"그럴까?"

인스턴트 요리 하나 해놓고 식당을 차릴 판이다.

"나 와인학원 좀 다녀볼까?" 나는 내친 김에 한 걸음 더 나서 본다.

"오버야."

단칼에 자른다.

"그렇지? 오버지?"

나는 바로 수긍하고 포기한다. 그렇다. 와인식당 차릴 것 아니면 그냥 자신의 느낌 그대로 와인을 즐기면 된다. 『신의 물방울』이라는 만화처럼 굳이 와인을 표현하려 애쓸 필요가 없다. '엘레강스하다', '섬세하다', '파워풀하다'고 아는 체할 필요까지는 없다. "오, 괜찮은데" 정도면 딱이다. 소주 마시며 엘레강스를 말하지 않으니, "캬~" 정도면 족하다.

3.

와인 한 병에 부부는 덤앤더머가 되고, 알딸딸한 주말 저녁을 개 멋내며 보낸다. 결국 와인 한 병이 부족해 남겨둔 소주 반병을 꺼내 오게 되지만, 조용한 시골주택에서 이런 주말은 세상없는 평안함을 준다. 이웃 할머니네 강아지 방울이가 이장님 방송 소리에 열심히 하울링하고, 내일이 일요일이면 마음이 더욱 한갓지다. 와인이 허세든 말든.

'평범하게 사는 것'의 의미

1.

'뒷담화에 대한 인간의 본능이 언어를 만들었다.' 오래전, 못다 읽은 어느 벽돌 책에서 본 진화심리학자의 이야기다. 인간은 타인에 대한 정보를 다른 무엇보다 궁금해하고, 그 정보 공유를 목적으로 소통에 필요한 언어를 만들었단다. 정리하면, 인간은 남들이 어떻게 사는지 궁금해하고, 남들의 이야기를 원하는데, 그게 본능이라는 주장이다.

저명한 학자의 주장을 반박할 논리도, 이를 검증할 능력도 이유도 없으니 '인간이 뒷담화 본능을 가지고 있다'는 '정의'에는 특별한 학문적 검증이 없어도 나는 동의한다. 전화기를 들고 한 시간 동안 남 이야기에 열중하다, 자세한 이야기는 만나서 하자는 아내만 봐도 뒷담화 본능은 따로 검증이 필요 없다.

2.

남들의 은밀한 이야기, 얼마나 재미있는가. "얼마나 맛있게요?" 가 아니라 "얼마나 재밌게요?"다. 목욕탕 탈의실 수다의 모든 주 제, 술자리에서 흔들려 나오는 거의 모든 말들, 모두 남들 이야기 다. 그리하여, 뒷담화 대상인 그 남자나 그 여자보다는 더 낫다는 결론을 내리고, 그리고 안도한다. 은밀하게 부러워하고, 응큼하게 질투하던 그 남자, 그 여자도 나랑 별다를 게 없구나. 소리 없이, 표나지 않게, 가슴을 쓸어내리며 승리자의 미소를 조용히 짓는다. 내 집안에 발생한 진저리나는 일들이, 남에게는 말 못 할 위태로운 상황이 남에게도 있음에 안도하고, '다들 그렇게 사는구나' 하는 남 과 나의 동질적 평범함에 안도한다. 그래서 사람들은 평범함을 추 구한다. 나도 그 평범함 안에 속해 있길 바라며.

"나는 욕심 없어. 그냥 평범하게 살고 싶어, 남들처럼. 근데 그것 조차 쉽지 않네."

커피숍에서 만난 A는 에스프레소 커피를 홀짝이다 혼잣말처럼 조용히 내뱉는다. 거리를 내다보며 읊조리는 그의 모습은 제법 철 학적이다.

'뭐 지금도 평범하게 커피 마시고 있고만……. 에스프레소 쓰지 도 않나?'

나는 대놓고 말은 못하지만, 내가 보기엔 그는 지극히, 너무도 평범하다. '욕심', '평범', '남들'이라는 단어를 함께 사용하고 있으나 국, 영, 수에서 공통점을 찾는 것처럼 이질적이다.

어떻게 살고 싶다는 것일까. 사실 평범함을 외치는 그 마음을 이해 못 할 바는 아니다. 사는 게 힘들다는 응석이고, 나름 말 못 할 어려움이 '체'처럼 걸려 있을 게다. 행복에 겨운 인간이 '평범'을 외치지는 않는다. 행복한 사람은 평범하다고 생각할 겨를이 없다. 행복과 평범 또한 동족의 단어가 아니다. 평범 속에는 무탈의 염원이 있다.

3.

'남들처럼, 평범하게 살고 싶다'고 말하는 문장 안에는 '별일 없이'가 웅크리고 있다. 허나, 미안하지만, '남들처럼'과 '별일 없이'는 또한 동족의 언어가 아니다. 평범하게, 그리고 별일 많게, 살고 있는, 어느 누군가의 남들인, 내 생각이 그렇다. 그리고 단언컨대 없다. 아무 일 없이 사는 남들은.

취업을 앞둔 취준생, 결혼을 앞둔 신랑신부, 집을 사고 싶은 젊은 부부, 자식 결혼이 다음 달인 부모, 그들에게 물어보라. 별일 없는지.

'남들처럼 산다는 것'은 '아무 일 없이 산다'는 것이 아니다. 그 남들도 남 보기엔 조용하지만 속은 부글부글 끓고 있는지 모른다.

'평범하게 사는 것'이 '남들처럼 사는 것'이라면, '평범하게 사는 것'이 '아무 일 없이 사는 것'은 아니라는 것이리라.

우리 모두가 이런저런 일을 겪으며 평범하게 살고 있다. '평범하게 사는 것'이 '아무 일 없이 사는 것'으로 여긴다면 '평범'이라는 단어에 대한 오해다. 평범 안에 무탈의 염원이 있으니 평범은 아직 무탈이 아니다. 자식이, 돈이, 아내가, 나를 힘들게 하면, 그리고 그들 때문에 가끔이라도 웃는다면, 당신은 아주 평범하게 살고 있다.

2장

이제 추억을 먹고,
그리움을 마시며 산다

영어를 못해 쪽팔려 하고,
밤하늘의 별을 보며 감상에도 젖어보고,
추억의 팝송을 들으며 옛이야기도 하고,
친구를 잃어 울어도 보고,
그렇게 부대끼며 살아가는 그런 삶을 산다.
추억을 먹고, 그리움을 마시며

영어, 그 부르다가 내가 죽을 이름이여

1.

중학교 때인가, 『삼위일체』라는 사전 비슷하게 생긴 영어 문법책이 있었다. 크기는 작았지만 상당히 두껍고, 종이는 얇은 습자지 재질로 되어 있었다. 요즘도 "습자지"라는 용어를 쓰는지는 모르겠지만, 습자지는 얇은 재질의 종이인데 반투명해서 붓글씨 연습할 때나 그림을 따라 그릴 때 그 위에 놓고 그대로 겹쳐 그리곤 했던 종이다.

아무튼, 그런 재질로 된 『삼위일체』라는 영어 문법책이 있었다. 삼위일체는 종교에서 사용하는 용어인 것으로 아는데, 정확한 의미는 모르겠고 내가 중학교 시절 즈음에 영어 문법책의 이름에 사용했었다. 나는 그 책을 성경책처럼 들고 다녔다. 영어 공부를 잘해보겠다는 욕심이었을 것이다. 그 책에 색연필로 중요하다는 부분에 밑줄을 긋고 거의 외우다시피 뭔가를 했었는데 지금 남아 있는 기억은 아무것도 없다. 이후 고등학교 때는 『성문기본영어』, 『성문종합영어』를 들고 다녔고, 대학 때는 『버케부러리 이만이천』이라는 영어책이 항상 가방에 있었다. 가끔 폼으로 《타임》지를 어디서 구해서 남들이 볼 수 있도록 살짝 표지만 보이고 다녔고, 대학을 마칠 즈음에는 취직을 하겠다고 토익, 토플 책이 내 손에서 떠나질 않았다.

2.

나는 지금 영어회화를 전혀 못한다. 영어 단어는 그간 외운 게 있으니 어느 정도 알겠지만, 대화는 말보다 몸짓 발짓이 더 의사소통에 효율적일 것이다. 해외여행을 가면 기껏해야 아는 단어에 끝 액센트만 올리면 내가 할 수 있는 회화의 최고 수준이다.

"커피? 오케이?"

"아이 우즈라이크 비어, 오케이?"

그놈의 오케이는 왜 그렇게 자연스럽게 나오는지. 내가 오케이 목장 출신도 아니고. 사실 여행사를 통해서 가는 여행이라 딱히 혼자서 영어를 할 때는 거의 없지만 자유시간을 주면 커피 한 잔 정도는 스스로 사 먹어야 하니, 그때 딱 필요한 게 '커피? 오케이?'다. 커피 오케이가 뭔가, 커피 오케이가. 대한민국 대학 졸업장을 위조해서 딴 것도 아니고. 커피를 내가 주겠다는 말인지, 달라는 말인지. 그래도 가게에서는 용케 알아듣고 커피를 주기는 한다. 나는 그에 맞는 돈만 주면 거스름돈을 알아서 내준다. 유창함과는 거리가 삼천리가 넘어도 내가 마시고 싶은 커피를 마셨으니 된 거 아닌가. 내가 방탄소년단처럼 유엔총회에서 연설을 할 것도 아니고.

3.

몇 년 전, 아내와 나는 스위스 여행을 한 적이 있다. 달력에서만 봤던, 잔디가 쫙 펼쳐져 있고, 양떼가 정말 양떼처럼 늘어서 풀을 뜯고 있고, 뾰족하고 빨간 지붕의 집들이 그림처럼 서 있는, 그림 같은 사진 속의 스위스, 그곳을 간 것이다.

13시간의 비행기 여행을 마치고 스위스에 도착한 첫날, 스위스라는 단어만으로도 흥분한 우리 부부는 호텔 방에 짐을 풀고 곧바로 호텔 1층에 있는 바로 나갔다. 패키지여행이었으니 다른 일행도 바로 내려올 법도 한데 내려오는 사람들은 아무도 없고 딱 우리 부부만 바에 앉았다. 다른 이들은 방에서 그냥 자는지 다른 곳으로 나갔는지 모르지만, 달력에 나오는 스위스까지 와서 그냥 방에서 시간을 보낼 수는 없지 않은가. 내가 몰랐을 수도 있으나 스위스는 저녁에 술을 파는 곳이 많지 않았고, 여덟 시만 넘으면 마트에서도 술을 팔지 않았으니 술을 딱히 즐기지 않는 아내는 아니겠지만, 여행의 백미를 저녁에 즐기는 술 한잔으로 여기는 나에게는 좀 맞지 않는 면도 있었다. 그래도 다행히 호텔 1층 바에서는 술을 마실 수 있었다.

"헤이, 비어 투 바틀."

매우 간단하지 뭐, 맥주 두 병 시키는데.

나는 매우 자연스럽게 손가락 두 개까지 이용해서 간단히 맥주 두 병을 시켰다. 저녁은 이미 먹었으니 다른 요리 없이 맥주만 간단히 마실 요량이었다. 잠시 후 잘생긴 종업원이 맥주 두 병을 가져다주었다. 스위스 종업원들은 왜 그리 전부 잘 생겼는지 다 영화배우 같았다. 호텔 바 종업원을 뽑는 데 인물을 보나? 어찌 전부 다 알랭 들롱이여. 스위스 출신 영화배우는 내가 모르니 그 옆 나라인 프랑스 출신 배우 중 내가 가장 잘생겼다고 생각하는 배우를 딱 한 명 알고 있는데 알랭 들롱이다. 그 양반 살았나? 죽었나? 아무튼, 잘생긴 알랭 들롱이 맥주 두 병을 가져다주는데 같이 딸려오는 마른안주가 아무것도 없다. 딸랑 맥주 두 병과 컵 두 개만 가져다주었고, 당연히 팝콘이나 멸치 비슷한 것이라도 있을 줄 알았던 나는 당황했다. 안주 없이 맥주를 어떻게 마시나. 아, 간단한 마른안주를 시켜야 할 것 같은데, 도대체 마른안주를 뭐라고 해야 하나. 메뉴판에는 마른안주로 보이는 그림은 전혀 보이지 않고. 마른안주는 바디랭귀지로 표현이 어려울 것 같은데. '마른'은 'dry'라고 하면 되나? '안주'가 영어로 뭐지? 휴대폰은 요금폭탄 맞는다고 로밍을 해 오지 않았으니 검색을 해볼 수도 없고, 그런 난감한 일이 없었다.

　아내는 나를 쳐다보고 있고, 나는 뭔가를 해야겠고, 결국 나는 알랭 들롱을 다시 불렀다. 알랭 들롱이 나를 쳐다보는 순간을 포착하여 손만 들면 오니 부르는 건 아주 쉬웠다. 알랭 들롱이 잘생긴 표정으로 나를 쳐다본다. 그는 이미 내가 영어나 독일어를 못한다는 것을 알았을 테니 '뭐니? 빨리 뭐든지 해봐라'라는 표정이었다. 알랭 들롱을 흘깃 쳐다본 나는 왼손으로 맥주를 한 모금 들이켠 후 오른손으로 재빨리 몇 차례 무언가 집어 먹는 시늉을 했다. 그냥 집어 먹는 시늉만 했으면 모양새가 조금 나았을까? 종업원을 부를 때 마음과 달리, 급했던 나는 집어 먹는 시늉과 함께 "집어 먹는 거"라고 나도 모르게 내뱉고 말았다. 종업원은 '아하!' 하는 표정으로 뭔가를 가지러 갔고, 아내는 배꼽이 빠져라 웃고 있었다. '집어 먹는 거'라니. 아, 모양 빠져. 이놈의 외국어, 다음 여행 때는 내가 꼭 민병철이가 돼서 와야지 이거 원. 영어, 그 부르다가 내가 죽을 이름이여.

4.

내 나이쯤 되는 사람들이 연초에 뭔가를 해보겠다는 마음을 먹으면, 제일 1순위로 들먹거리는 게 금연, 헬스클럽, 그리고 영어회화다. 영어회화를 어디 딱히 써먹을 데가 없어도 꼭 한 번은 배워둬야겠다는 맘들을 먹고 있다. 그러니 영어회화 배우기에 대한 책이 베스트셀러에 오르기도 한다. 요즘이야 코로나 때문에 해외여행을 못가니 영어회화 배우기 붐이 많이 죽었지만, 그래도 많은 이들이 영어회화를 잘하고 싶은 로망은 마음속에 있을 것이다. 그게 쉽지가 않으니 로망이 되어 있겠지만, 나도 언젠가는, 언젠가는 하다가 이나이 먹도록 "커피? 오케이?"만 하고 있다. 코로나만 끝나면 꼭 영어회화를 배워 민병철이 돼야지. 아! 민병철은 옛날 사람인가? 요즘 영어회화의 대표격은 누구지? 김영철인가?

이제야 보이는 '말'이라는 칼날

1.

입은 몸을 치는 도끼요, 몸을 찌르는 칼날이다.

내 마음을 잘 다스려 마음의 문인 입을 잘 다스려야 한다.

입을 잘 다스림으로써 자연 마음이 다스려진다.

사람도 아무리 훌륭한 말을 잘 한다 하더라도

사람으로서 갖추어야 할 예의를 못했다면 앵무새와 그 무엇이 다르
리요.

세 치의 혓바닥이 여섯 자의 몸을 살리기도 하고 죽이기도 한다.

_법정 스님, 「말조심」에서

2.

"당신 제주도 그 유채밭 할머니 기억나? 소재 없으면 그 이야기

한번 써봐. 재밌기도 하고 죄송하기도 하고."

글 쓸 소재를 고민하는 내게 아내가 오래된 이야기를 꺼내어 던져준다. 갑자기 등 언저리로 무언가 찌르르 흘러가는 느낌이 온다.

"아, 그런 일이 있었지……."

몇 년 전, 처가 식구들과 제주여행을 한 적이 있다. 무슨 이유로 모였는지는 기억이 나지 않지만 유채꽃이 필 때였으니 3월경이나 되었을 것이다. 장인, 장모는 이미 돌아가셨으니 나는 처가 식구들 모임에 잘 참석하지 않는 편이다. 꼭 가야 하는 결혼식 등에는 참석하지만 말 그대로 '모여서 놀자'는 계획에는 동참하지 않으려 한다. 남들과 잘 어울리지 않는 내 성격 탓이다. 처가 식구를 남이라고 하면 아내가 서운해할지 모르나, 처가 식구들 모임에 참석하지 않는 나를 아내는 딱히 탓을 하지는 않는다.

내가 '어울리지 않는 성격'이라고 하는 것에는 '화투판'이 그 '어울리지 않는' 것에 포함된다. 처가 식구들 모임에는 항상 화투가 있다. 여행할 곳을 정해 돌아보고 숙소에 들어가면 대부분 '화투판'부터 벌린다. 그 '판'에 끼지 않는 사람은 나와 아내, 그리고 음식을 준비해야 하는 처남댁들뿐이다. 내가 보기에는 정말 재미없는 게

화투다. 같은 종류의 그림을 맞추어 점수를 내는 게임이 뭐가 그리 재미있을까. 어린애들이 그림 맞추기 게임을 한다면 이해를 하겠는데 다 큰 성인들이 그 게임에서 재미를 느낀다는 게 이해하기 힘들다. 하긴 게임 자체를 재밌어하는 것 같지는 않다. 모든 판에 천 원짜리 돈이 등장하는 것을 보면 돈 내기가 승부욕을 자극하여 재미를 느끼는 것 같다. 그런 면에서 본다면 나는 승부욕이 없다. 처가 식구와 제주여행을 갔다는 설명이 화투판으로 샜다.

아무튼, 평소에 참석하지 않았던 처가 식구들 모임을 제주여행에는 참석을 했다. 열 번 모임이면 한두 번은 참석을 해야 하지 않느냐는 아내의 권유도 있었고, 오랜만에 하는 제주여행이니 가보고 싶다는 아내의 응석도 있었다. 제주는 신혼여행을 간 곳이다. 우리가 결혼한 시기에는 해외여행은 생각하지 못했었기에 제주도가 최고의 신혼여행지였다. 청재킷과 청바지를 맞추어 입고 애월읍 바닷가나 여미지 식물원 등지에서 찍은 여행사진을 보면 지금도 손발이 오그라진다. 나중에 아들놈들 결혼하면 며느리가 볼까 민망하다. 어찌 그리 그 시절엔 촌스러움이 하늘만큼 땅만큼이었을꼬.

그런데 그 촌스러운 사진의 배경에는 유독 유채밭이 없다. 우리는 신혼여행에서 유채밭에는 가보지를 못했다. 결혼기념일이 2월이니 유채꽃이 피었을 법도 한데 신혼여행 사진에는 전혀 없는 것을 보면 유채밭에는 가지 않은 게 맞다. 택시기사가 가이드를 해주던 시기였다. 유채밭 근처에는 아마 소개할 만한 식당이 없었기에 우리를 그곳에 데리고 가지 않았는지도 모르겠다. 신혼여행객을 데리고 식당이나 기념품 판매점에 가야만 택시기사가 구전(소개비)을 받을 수 있었던 시기였기에.

처가 식구와의 제주여행에서는 유채밭을 가보기로 했다. 딱히 내가 강조를 하지 않았다고 해도 여행 일정 중에 포함되어 있었다. 처남이 운전하는 차를 타고 유채밭에 도착한 나와 아내는 생각보다 규모가 작은 유채단지에 가벼운 실망을 했다. 밭 한 마지기(300평가량) 정도의 크기에 유채를 심어 놓았는데, '이 정도 유채꽃이 그렇게 유명할까?' 하는 의구심을 품고, 우리는 사람들이 들어간 유채밭 쪽으로 다가갔다. 가까이 가니 더 실망스러웠다. 아마 동네 사람이 유채기름을 짜기 위해서 그냥 심어놓은 것 같았다. 관광지라 하기에는 좀 아닌 것 같았다. 심드렁한 표정으로 유채밭 코너를 돌던 아내가 "유채밭이 코딱지만 하네?" 하고 실망한 심정을 밖으로 내뱉었다. 같은 심정이었던 나도 피식 웃고 지나치는데 화난 할머니의 음성이 뒤에서 들렸다.

"지비 코딱지가 그렇게 크요?"

'지비'는 '댁'의 사투리이니 누군가가 할머니의 '지비'일 터인데, 우리가 그 '지비'인 줄은 예상치 못했다. 뒤를 돌아보았다. 체구가 작은 할머니 한 분이 손에 천 원짜리 뭉치를 들고 계셨고, 속상한 표정과 상처받은 눈빛은 우리가 아닌 자신의 유채밭을 향해 있었다. 나는 아차 했다. 그 할머니의 유채밭이었고, 그 안에 들어가서 사진을 찍는 사람들에게 천 원씩을 입장료로 받고 계셨던 것이다. 할머니의 수입원인 소중한 유채밭을 할머니의 면전에서 코딱지만 하다고 폄하를 했으니 할머니는 속이 상하고 화가 났던 것이다. 그렇다고 할머니에게 직접 하는 말도 아니고 여행객 둘이서 지들끼리 하는 말에 다른 대거리를 할 수 없어 당신 코딱지가 유채밭만 하느냐고 핀잔을 준 것인데, 할머니의 속상함이 무색하게도 우리는 소리 없이 빵 터지고 말았다. '지비 코딱지가 그렇게 크냐니.' 아내와 나는 터지려는 웃음을 겨우 참으며 연신 죄송하다는 말을 하고 한쪽으로 피신했다. 결국 우리는 참았던 웃음을 터트렸고, 아내는 다가온 처가 식구들에게 그 할머니 이야기를 영웅담 말하듯 쏟아냈다. 처가 식구도 모두 빵 터졌다. 그곳에서 조금 더 이동한 곳에서 우리는 할머니 유채밭의 몇 배가 되는 유채단지를 볼 수 있었고, 사흘을 제주에서 보낸 우리는 집으로 돌아왔다. 이후 나는 그 할머니의 유채밭을 잊었다.

3.

'재밌기도 하고, 죄송하기도 하고'라는 아내의 말이 불현듯 되씹어진다.

"죄송하다는 말도 제대로 못했는데."

말이 주는 상처는 생각보다 깊다. 직접적인 말보다 지나는 말의 상처는 사람의 심장을 더 깊게 찌른다. 법정 스님의 법어처럼 입은 몸을 치는 도끼요, 몸을 찌르는 칼이다. 이 나이 먹도록 도끼요 칼이 되는 입을 갈무리하지 못했으니 나에 대한 실망감에 맘이 예민해진다.

봄이 되면 관광객에게 선보이기 위해 그 제주의 할머니는 열심히 거름을 주고 씨를 뿌리고 잡초를 뽑았을 텐데, 아무 생각 없이 우리는 그 힘들여 키우고 꾸민 유채밭을 코딱지만 하다며 폄하했으니 그 당시 할머니가 받았을 마음의 상처가 이제야 죄송하고 마음이 쓰인다.

"유채밭 할머니, 그때 죄송했습니다."

상처는 아물어도 흉터는 남는데, 이제야 하는 사과가 무슨 의미가 있겠냐마는 제주에 갈 기회가 있으면 그 유채밭을 다시 가보고 싶다. 그래서 할머니의 유채밭을 원 없이 칭찬해주고 싶다.

"할머니, 사실은 제 아내 코딱지가 엄청 크거든요. 할머니 유채밭이 그렇게 크다는 것이었어요!"

이제야 보이는, 말이라는 칼날은 그 칼집에서 조용히 갈무리될 때도 된 것 같다. 이 나이 먹었으니.

별을 헤는 밤

1.

별 하나에 추억과

별 하나에 사랑과

별 하나에 쓸쓸함과

별 하나에 동경과

별 하나에 시와

별 하나에

어머니, 어머니

어머님, 나는 별 하나에 아름다운 말 한마디씩 불러봅니다. 소학교 때 책상을 같이했던 아이들의 이름과, 패佩, 경鏡, 옥玉 이런 이국소녀들의 이름과, 벌써 아기 어머니가 된 계집애들의 이름과, 가난한 이웃 사람들의 이름과, 비둘기, 강아지, 토끼, 노새, 노루, 프랑시스 잼, 라이

너 마리아 릴케, 이런 시인의 이름을 불러봅니다.

윤동주의 시 「별 헤는 밤」 일부를 옮겨보았다. 오랜만에 느껴보는 이 시가 아직도 마음에 와 닿는다. 학교 다닐 적에 그 의미를 획일적으로 외우던 시의 해석을 떠나서 나는 그냥 이 시의 운율과 느낌이 좋다. '별 헤는 밤'이라는 제목이 좋고, '별 하나에 추억과', '별 하나에 사랑과', '별 하나에 쓸쓸함'이라는 표현이 좋다. 밤하늘의 별을 쳐다보며 '소학교 때 책상을 같이했던 아이들의 이름', 그리고 '벌써 아기 어머니가 된 계집애들의 이름'을 불러보는 윤동주가 내 집 뒷마당에 서 있는 것 같아 좋다.

내 집 뒷마당 수돗가 옆에 나는 긴 의자를 하나 두었다. 수돗가에서 씻을 때 앉는 용도로 두었지만, 가끔 여름밤이면 나는 그 의자에 앉아 달을 보고, 별을 본다.

2.

지금은 초등학교라 하지만 예전 국민학교이던 시절, 나는 선생님인 아버지를 따라 전체 학급 수가 6개 학급인 조그만 시골학교를 다녔다. 막상 시골에 살면 밤하늘의 별을 일부러 보는 일이 거의 없지만, 나는 가끔 친구와 학교 운동장 땅바닥에 누워 별을 보곤 했다. 내가 감성적이라서가 아니라 〈마루치 아라치〉 때문이었다. 나중에 애니메이션으로 나왔는데 그 당시엔 라디오에서 〈마루치 아라치〉가 연속극으로 방송되었다. 라디오에서 나오는 음성으로 파란해골 13호와 마루치 아라치가 싸우는 장면을 상상해야만 했다. 파란해골 13호는 장박사를 이용하여 광속 우주선으로 지구의 왕이 되려 했다. 파란해골 13호의 습격으로 마루치 아라치의 할아버지가 세상을 떠났고, 이를 복수하려는 마루치와 아라치가 파란해골 13호와 우주에서 대결하는 장면이 라디오에서 나왔을 때, 우주의 모습을 한 번도 본 적이 없던 우리는 하늘을 봤다. 그중 가장 큰 별 하나를 가지고 서로 마루치를 하겠다며 티격거렸다. 정확한 기억인지 내가 스스로 만들어낸 기억인지 자신은 없지만, 우리는 상상 속에서도 우주선을 만들지 못했다. 마루치 아라치는 소년이라고 했으니 얼마든지 만들어낼 수 있었지만 우주선의 모습을 상상하지 못하여 어떻게 생겼을 거라고 또 우리는 티격거렸다. 그래서 내 어릴 적 별은 마루치 아라치였다. 성장을 하면서 하늘의 별은 「소나기」에 나오는 윤초시네 증손녀가 되고, 알퐁스 도데의 '스테파네트'가 되었다가 「별 헤는 밤」의 '윤동주'가 되었다. 이제, 밤하늘의 별은 먼저 간 친구가 되고, 선배가 되고, 내일 날씨의 예언자가 되었지만,

가끔은, 아주 가끔은 아직도, 태권동자 마루치가, 윤초시네 증손녀가, 스테파네트가 그리고 윤동주가 되기도 한다. 그래서 나는 뒷마당 수돗가 의자에 앉아 '별 헤는 밤'이 좋다.

3.

최근 친한 친구가 세상을 떠난 후, 나는 별자리를 찾는 버릇이 생겼다. 별이 가득한 날이면 저 중에 그 친구의 별이 있을 거라는 유치한 감성을 일부러 이끌어낸다. 내 주변에서 친구가 잊혀져가는게 싫어서다. 생일로 구분하는 별자리 중에 내 별자리는 염소자리고 친구의 별자리는 게자리다. 게자리 신화는 좀 쓸쓸하다. 이왕이면 좀 멋진 신화가 있었으면 좋겠지만 이름도 좀 촌스럽고 신화도 맘에 들지 않으니 내 마음까지 쓸쓸해진다. 헤라가 헤라클레스에게 부여한 과업 중에 히드라를 죽이는 미션이 있었다. 영화에서 많이 나오는 히드라는 머리가 아홉 개 달린 뱀으로 머리를 잘라도 잘라도 다시 자라난다. 헤라클레스가 히드라와의 싸움에서 여덟 개의 머리를 없애는 데 성공하자 헤라는 헤라클레스를 방해하기 위하여 게를 한 마리 보낸다. 게는 헤라클레스의 발가락을 물게 되지만 헤라클레스의 발에 밟혀 다리가 부러져 죽고, 헤라의 배려로 게는 하늘의 별자리로 남게 된다. 허망한 죽음이 또 친구의 죽음을 생각하게 되어 쓸쓸한 마음이 도진다. 어두운 별로 이루어진 게자리를 찾는 건 쉽지 않은 일이지만 친구의 별이 하늘에 있다는 것만으로 가끔 별을 찾는 동기가 되기는 한다.

별자리로 보는 오늘의 운세를 난생처음 찾아보았다.

'깊이 고민해서 해결되는 일도 있지만, 모든 일이 다 그런 것은 아닙니다. 지금은 긍정적이고 낙천적인 당신의 모습이 필요한 때입니다. 머지않아 당신이 메리트를 느낄 수 있는 좋은 일을 만날 수 있으니 편안한 마음으로 여유롭게 기다리도록 하세요.'

나쁘지 않다. 무슨 좋은 일이 다가올지 모르나 편안한 마음으로 여유롭게 기다리라는 조언은 받아들여도 되겠다. 윤동주와 내 별자리가 같은 염소자리이니 윤동주 시를 잠깐 빌려 쓴다.

아들 군대 보내기

1.

아들을 태우고 군부대로 들어서는 시간, 나는 아들보다 더 긴장하고 있었다. 차를 탄 채로 지나치는 위병소에서 아들 나이의 군인들이 거수경례를 할 때도, 나이 지긋한 부사관들이 웃음을 건넬 때도, 대령이라는 부대장이 인사말을 할 때도, 마음과는 달리 내 몸이 잔뜩 굳어 있었다. 대열 속에서 차렷 자세로 서 있는 아들이 차라리 나보다는 여유로워 보였다.

2.

스무 살의 내가 군에 입대한 계절은 겨울이었다. 가장 추운 1월이었으니 몸도 마음도 잔뜩 굳어 있었다. 기차역까지만 따라오시겠다는 어머니를 매정하게도 떨쳐내고 혼자서 논산행 기차를 탔다. 훈련소 위병소 앞에는 머리를 짧게 깎은 입소 장정들이 담배를 피워 대며 서성거리고 있었다. 위병소 건너 도로에는 빨간 모자의 조교들이 인솔해갈 입소 장정들을 기다리며 웅등그리고 도열해 있었다. 처음 보는 빨간 모자에 긴장한 나는 내 이름도 명확히 대지 못했다. 빨간 모자의 살기는 추위보다 매서웠다.

"뭐야, 연예인 이름하고 같네? 맞아?"

"네? 아닙니다. 아니 맞습니다."

"맞다는 거야, 아니라는 거야? 주민등록번호는?"

나와는 다른 세계에서 온 군단들이 훈련소를 점령한 것 같았다. 젊은 장정들을 징집하여 그들의 용병으로 쓰려는 것 같았다. 수백의 그 젊은 장정 속에서 그들이나 나나 각자 혼자였다. 권총 모양의 주사기를 예방접종이라며 어깨에 난사하는 기간병들의 장난스런 폭력에도 아무런 저항을 하지 못했다. 국방색의 보급품을 받아든 나는 훈련병이 되었다.

입소 첫날 밤, 나는 잠을 이루지 못했다. 내무반의 모두가 뒤척거리고 있었다. 나는 조용히 일어나 화장실로 향했다. '담배 한 대는 용인되겠지.' 통제하는 조교, 지들도 젊은 청년, 나도 청년, 은하수 담배 한 개비 정도야.

조그만 화장실 창문 밖에는 1월의 눈이 내리고 있었다. 뿜어낸 담배연기가 창문을 통해 눈을 맞으러 나갔다. 은하수 담배를 두 모금이나 빨았을까, 순찰 나온 당직조교가 내 뒷덜미를 잡아챘다.

"뭐 하나?"

"네, 훈련병……, 잠이 안 와서……."

"그래서? 이 자식이 아직도 여기가 사회인 줄 아나?"

담배 한 개비를 못다 피우고 입영 첫날의 스무살 훈련병은 꼬박 밤을 새웠다. 화장실에서, 속칭 '원산폭격' 자세로.

—
3.

1985년, 그해가 총선이었다. 군사정권 시절이었으니 찍어야 할 정당은 딱 한 곳이었고, 그 외에는 다 가려져 보이지도 않았다. 두꺼운 종이를 칼로 반듯하게 오려내어 내가 찍어야 할 부분만 드러난 그곳에 볼펜 몸통에 인주를 한두 번 묻히고 '쾅' 하면 되는 아주 간단한 방법의 투표. 그 시절은 그런 선거였다.

나는 그때 훈련병이었으나 꼴같잖게 의식 있는 대학생이었다. 훈련소에 입소한 지 단 일주일도 지나니 않았으니.

"다른 데는……."

몇 마디도 아니고 딱 한마디였다. 한마디도 아닌 반 마디였으리

라. 내가 말하고자 했던 건 그냥 다른 데는 왜 가려져 있냐였지, 찍지 못하겠다는 것도 아니었다. 헌병 차림의 군인 두 명이 각을 잡고 서 있고, 내가 소속한 부대의 중대장이 바로 투표 참관인 겸 감시관이었으니, 그냥 드러난 칸 위에 볼펜 뒤꿈치를 살짝 누르고 나오면 되었을 일. 쓸데없는 한마디에 나는 그 자리에서 투표를 하지 못했다. 저항으로 보았으리라. 그것도 위험지방 출신의 위험한 대학의 작으나 마르고 깐깐해 보이는, 그리고 위험한 놈.

그날 저녁 나는 몸은 좋으나 키가 작은, 뽀빠이 스타일의 중대장에게 불려갔다. 뻔하고, 안 들어도 되었을 몇 마디를 얻어듣고, 곧바로 찍었다. 뽀빠이가 손가락으로 표시하는 그 자리에. 뽀빠이 중대장이 뭐라고 했는지는 기억에 없다.

어차피 그럴 거면 처음부터 그냥 아무 말 없이 찍을 것을. 사실, 내가 그곳에 못 찍겠다고 반기를 든 것도 아닌데.

다음 날부터 나는 '고문관'이라는 억울한 명칭으로 매 훈련마다 시범케이스가 되었다. 내가 딱히 고문관도, 몸치도 아님에도, 치사하고 억울하게.

시범케이스 전우는 나를 포함 세 명이 있었다. 그들이 시범케이스로 선택된 이유는 알지 못하지만, 나 혼자는 아니라는 안도감은 그나마 위안이 되었다. 우리의 조련 담당은 빨간 모자였다. 이름표도

계급장도 없는 빨간 모자. 빨간 모자의 트라우마는 그렇게 시작되었다. 자대생활의 유격훈련장을 거쳐 내 아들의 입대 위병소까지.

4.

귀에 들리지도 않는 부대장 대령의 연설은 5분을 넘겼고, 내 아들은 아버지에게도 외친 적 없는 '충성'을 생판 처음 보는 대령에게 목이 터져라 외쳤다. 대령에게 충성을 다짐한 아들은 빨간 모자의 구령을 따라 저쪽에서 당겨지는 줄처럼 멀어져갔다. 팔을 90도로 흔들며.

'저놈도 90도까지 팔이 올라가긴 하는구나.'

남 보기 민망했고, 지금도 오글거리지만, 나는 그때 사실 눈물을 '쬐끔' 글썽거렸다. 뭐랄까? 공황장애 비슷한, 답답한, 알 수 없는 분노, 무력감, 내 의사에 반해서 내 아들을 내 앞에서 다른 누군가가 데리고 가는, 입대임을 알기에 아무런 제재도, 아무런 행동도, 아무런 반항도 못하는, 못해야 하는, 저기 빨간 모자가 데려가는 앳된 젊은이의 아버지라는 나.

나의 스무 살의 위병소는 내가 들어갔지만, 40대의 위병소는 내 아들이 들어갔다. 민망하고 유치한 40대의 중년남자는 그렇게 훈련소에서 아들과 헤어졌고, 단 2주 만에 다시 아들을 만났다. 훈련소 면회소에서. 그것도 손수 김밥을 싸들고.

나는 그렇게 내 아들을 군대에 보냈고, 그 아들은 벌써 서른이 되었다. 지금도 민망하고, 얼굴 벌개지는 기억이지만, 그날은 정말 눈물이 났다. 그래서 자식인지도 모르지만, 어이 하겠나 내가 낳은 내 자식인걸. 헌데, 뭔 놈의 요즘 군대는 휴가가 그리 많은지. 나는 그날 흘렸던 눈물을 아들이 휴가 나올 때마다 억울해했다. 아들 입대를 앞둔 분들이 있다면 너무 짠해하거나 눈물을 흘리지 마시라. 요즘 군대 2주 후면 휴가 나올 테니.

어디서 돈벼락 안 떨어지나?

1.

돈이 행복의 조건은 아니랍니다.

돈이 많다고 꼭 행복한 것은 아니지요.

로또 당첨되어 불행해진 사람이 많습니다.

벼락부자는 대부분 불행해집니다.

노력 없이 얻는 돈은 쉽게 잃게 됩니다.

.

.

.

알았으니까, 어디서 돈벼락 안 떨어지냐구요.

2.

"애들 결혼하면 집 얻는 데 조금 보태줘야 할 텐데 걱정이네."

아직 결혼 계획도 없는 아이들 집 걱정을 매번 내뱉는 아내다. 나도 걱정이긴 하다. 살 곳은 있어야 할 텐데, 부모가 재벌이 아니니 집을 사줄 수는 없고, 아직 사회 초년생인 지들이 돈 벌어서 집 얻기는 힘들고, 대출을 받더라도 얼마 정도는 보태줘야 할 것 같기는 한데. 외국에서는 자식이 성인이 되면 부모 역할은 끝난다고 하더만 우리는 대한민국 사람이니 뭐.

"요즘 젊은이들은 자기들이 다 대출 끼고 집 얻어서 살던데 뭐, 걱정 마."

나는 하나마나한 소리를 해보지만, 아내의 답은 정해졌다.

"전세금 전부를 대출해주지는 않을 거고, 대출이 너무 많으면 지들이 생활은 어떻게 하라고. 대출이자 갚느라 손가락 빨고 살 것이 뻔한데."

"어찌되겠지. 아직 결혼한다는 말 없으니 천천히 생각해보자고."

곰돌이 푸가 매일 행복할 수는 없다고 하더니, 어디서 돈벼락 안 떨어지나 모르겠다. 요즘 로또 되는 사람들도 많더만. 하긴 로또를 먼저 사두고 기대해야지, 사지도 않으면서 뭘.

우리 때 '셋방살이'나 요즘의 '은행대출살이'나 힘들다는 건 다를 바 없는 것 같으니 세상살이가 쉽지는 않다. 누구에게나.

3.

그때는 대부분 그랬지만, 우리 부부도 결혼생활을 시작하면서 사글셋방에서 시작을 했다. 처음 셋방은 방 하나에 부엌은 밖에 있었고, 부엌 바닥이 시멘트로 되어 있었다. 방보다 약간 낮게 되어 있어서 계단을 하나 밟고 부엌으로 내려가야 했는데, 화장실도 욕실도 없었으니 샤워를 부엌에서 물바가지로 해야 했다.

화장실은 바닥이 보이는 재래식으로 집 마당 한쪽에 있어서 밤마다 화장실 다니는 게 고역이었다. 밤에는 무섭다며 항상 아내는 나를 대동하고 화장실을 갔으니 나는 내가 가야 할 때, 아내가 갈 때, 그렇게 화장실을 수시로 들락거려야 했다.

집주인은 직장에서 퇴직한 60대 정도였다. 참 세입자를 힘들게 하는 분들이었다. 큰아이를 갓 낳았을 때라 아이가 저녁마다 울어댔다. 그때마다 집주인이 방의 벽을 두드리며 조용히 시키라고 하는 통에 우리 부부는 밤중에 애가 울까 스트레스가 이만저만이 아니었다.

그 셋방은 원래는 상하방으로 방이 두 개였던 것을 방 하나를 판자로 막아 우리에게 세를 준 것이었다. 판자로 막은 벽이 얇아 아이가 울면 소리가 그대로 들렸을 것이다. 달래도 우는 아이를 어찌할 수 없었는데, 참 매정했다. 그때만 해도 천으로 된 기저귀를 사용할 때였다. 세탁기도 없는 시절이다. 부엌에서 아내가 쪼그리고 기저귀를 빨아 마당에 널어 말리려 하면 그것도 막았다. 보기에 '지저분하고, 마당에 널어두면 걸어 다니는 데 방해된다'는 게 그 이유였다. 아이의 엉덩이에 쓰는 천이라 햇빛에 바짝 말리고 싶은 마음에 마당에 널고 싶어 했지만, 결국, 부엌이나 방에 빨랫줄을 치고 기저귀를 말렸다. 시중에 판매하는 일회용 기저귀도 있었지만, 가난한 우리 부부는 일회용 기저귀를 쓸 만한 형편이 되지 않았다. 우리는 어찌어찌 사글세 기간 10개월을 채우고 해방된 기분으로 그 집을 나왔다.

두 번째로 이사한 곳은 셋방이지만 주인이 살지 않는다는 집이었다. 지금 같으면 원룸에서 살면 되지만, 그때는 원룸이라는 게 따로 없었으니 복덕방을 전전하다 찾아낸 것이 주인이 방 하나에 짐만 놔두겠다는 집이었다. 사정상 주인이 서울로 가면서 방 하나에만 자신들의 짐을 놔두고, 나머지는 세를 놓은 것이다. 집주인과 같이 살지 않는다는 점에 혹해서, 다른 셋방보다 월세를 조금 더 줘야 했는데도 우리는 그 집을 택했다. 그전 집주인에게 너무 데여서였다.

한데, 그 집도 한 달쯤 지나 문제가 발생했다. 짐만 넣어두겠다는 집주인 부부가 주말이면 오기 시작한 것이다. 서울에서 1년 정도 무슨 일을 해야 할 사정이 있었는데 그 1년을 집을 놀리기 싫어서 세를 놓았던 것이고, 서울에 마련한 임시 주거지에서 주말을 보낼 수 없었는지 주말마다 오기 시작한 것이다.

주말에 내려와도 처음에는 조심스럽게 행동을 하는 것 같았다. 우리가 사는 집이니 자신들은 조용히 짐을 놔둔 방 한 칸에서 주말에 잠만 자고 가겠다고 했다.

두세 번의 주말이 지나자 처음 말과는 달랐다. 그분들은 아예 자기 집처럼 행동했다. 짐을 놔둔 방이 아닌 거실에서 생활을 하기 시작하더니, 조그맣게 있던 마당에 상추를 심는다며 주말 내내 거실과 마당을 차지했다.

우리 부부는 마주치기 불편하여 주말에는 방에서만 생활을 할 수밖에 없었고, 아내는 점점 스트레스를 받기 시작했다. 처음 한두 번은 밥도 같이 먹고, 남은 음식도 나누어 먹었는데 점점 그분들의 그릇이 부엌으로 나오기 시작했고, 아내는 주말에 시어머니 모시는 시집살이가 되고 말았다. 이럴 것 같으면 시댁에 들어가 살겠다며 아내는 나에게 하소연하기 시작했고, 나는 방법이 없어 하루는 불편한 상황을 그분들에게 말했다.

그때부터 우리는 몹쓸 젊은 사람들이 되었다. 일주일 중 이틀뿐이고, 부모님처럼 편하게 서로 잘 지내면 좋을 텐데 젊은 사람들이 너무 팍팍하다는 게 그 이유였다. 주말을 같이 지내면서 아는 체도 안 했지만, 그분들의 주말 방문은 계약 기간이 끝날 때까지 계속되었다. 우리 부부로서는 적지 않은 돈인데 월세는 월세대로 주고, 여유롭게 쉬어야 할 주말이 가장 불편했으니 두 번째 셋방살이도 너무 힘들게 보냈다.

다행히 세 번째 이사한 집은 15평의 임대아파트였다. 물론 대출을 받아서 얻은 것이지만, 그때부터 오롯이 우리 가족만의 공간을 확보할 수 있었으니 임대아파트로 이사 간 날 우리는 축배를 들었다. 지금은 집주인과 같이 사는 일은 있을 수 없을 것이라 이해하기 힘들겠지만, 그때는 우리뿐만 아니라 다들 그렇게 살았다.

4.

30년이 지난 지금도, 부동산 값이 터무니없이 폭등하고, 오붓하게 자신들의 가족이 살 수 있는 조그마한 공간 하나 마련하는 게 너무나 힘든 세상이니 세월은 변했어도 걱정거리는 그대로인 것 같아 쓸쓸하긴 하다. '셋방살이'가 '대출살이'로 변했을 뿐.

집값 엄청나게 올랐던데……, 도대체 요즘 신혼부부들은 집을 어떻게 마련하나.

옆집 사는 앨리스
_Living Next Door To Alice

1.

"친구야, 보고 싶다!"

"술이?"

"응, '이슬이'가, '쭈꾸미'도 보고 싶고, '노가리'도 보고 싶고."

"웬수, 거기로 나와라."

"오케이."

2.

긴장된 그리고 정제된 언어를 사용해야만 하는 팍팍한 삶에서 벗어나 모든 긴장을 풀어버리고 싶을 때 친구를 만난다. 친구와의 대화에는 긴장이 없다. 점잖은 중년의 나이에, 고교시절이나 대학시절의 단어를 그대로 사용해도 아무런 수치를 느끼지 못한다. '잘난

척 그만하라'며 직격타를 날려도, '살 좀 빼라'며 진담 반의 농을 던져도 말 속에 칼이 없으니 듣는 이에게 상처가 없다. 유치하면 유치할수록 자리가 즐겁다.

연향동에 "앨리스"라는 간판을 달고 카페를 하는 윤원장의 친구가 있다. 얼굴에 털이 하도 많아 우리는 "털보"라고 부른다. 카페지만 저녁에 주로 술을 팔기에 윤원장과 나는 저녁을 먹은 날이면 으레 그 친구 집으로 간다. 맥주도 목적이지만 그 집엔 오래된 레코드 음반이 벽을 꽉 채우고 있다. 음반 수집이 취미였던 털보가 가게를 차리면서 스스로 수집한 음반을 벽면에 장식한 것이다. 그곳에서 흘러나오는 음악은 모두 그 레코드 음반에서다. 음악파일로 재생되는 요즘이지만 레코드 음반에 대한 추억이 있는 중년의 손님들이 꽤 보인다. 우리는 대부분 대학 때 들었던 '전설의 팝송을 틀어라' 요구한다. 그 시절 팝송이 내게 들려주는 건 가사도 곡도 아닌 추억의 음률이다. 그 시절 흘러나오는 팝송을 들으며 팔팔한 젊음이 흔들리고 갈망했던 시간에 대한 그리움, 아마 그 그리움을 듣고 싶은 마음이리라.

"뭘 틀어줄까? 옆집 사는 앨리스?"

나는 팝송을 잘 모르니 대부분의 음악 신청은 윤원장이 하지만, 내가 제목을 외우고 있는 팝송은 스모키가 부르는 ⟨Living Next

Door To Alice〉딱 하나다. 카페주인 털보가 그걸 알고 있다.

3.

DJ가 음악을 틀어주는 음악다방이 유행하던 대학시절에 우리는 시간만 나면 담배연기가 최루탄 수준인 음악다방에 모여 앉았다. 거의 매일 드나들던 음악다방의 커피 값이 무료일리는 없었을 테니 누군가 그 비용을 감당했을 터인데 그 기억은 전혀 없다. 기억이 없는 걸 보면 나는 아닌 것 같아 괜히 미안해지기도 한다. 대학교 정문과 후문에 분위기 좋은 음악다방이 많았지만 지금까지 기억하는 다방은 한 곳이다. 대학교 후문 쪽에 있던 "소금창고"라는 다방인데, 내부 벽장식을 하얗게, 소금을 붙여놓은 것처럼 꾸미고 소금창고라는 이름을 걸었던 것으로 기억한다. 음악다방과 소금창고가 어떤 연관이 있었는지 모르나 주인의 취향이었을 것이다. 커피를 시키고, 일행 모두가 담배를 꺼내들면 종업원이 메모지를 가져다준다. 듣고 싶은 음악을 신청하는 절차다. 유행하던 음악은 요즘 7080이라고 불리는 노래와 팝송이었다. 메모지에 순서대로 하나씩 쓰인 노래의 제목들은 대부분 팝송이었다. 가요를 적으면 괜히 촌스럽다는 소리를 들을까봐였다. 그때도 나는 제목을 알고 있는 팝송은 없었다. 음악이 나오면 아는 부분만 따라서 흥얼거리는 수준이어서 신청곡을 거의 적지 않는 편이었다. 잊고 싶은 기억은 오히려 잊히지 않듯이 아직도 기억하는 음악다방의 하루가 있다. 여느 때 같이 소금창고에 앉은 우리는 담배를 꺼내 물었고, 같이 간 친구들이 메모지에 듣고 싶은 음악을 신청하기에 그날은 나도 제목을 하나 적었다.

"Living Next Door Alice."

이 노래는 제목을 특별하게 외웠다기보다는 이 가사가 노래의 마지막 음절에 선명하게 들리기에 적었을 것이다. 간단한 제목이기에 볼펜을 놓으려 하던 차에 옆에서 보고 있던 친구 한 놈이 피식 웃으며 메모지를 채갔다. 볼펜을 집어든 그가 메모지에 추가한 영어는 Door와 Alice 사이에 'To'. 'To'가 빠졌다는 지적질이었다.

그 친구의 지적질로 나는 옆집 사는 앨리스를 30년 동안 기억하고 있다. Door와 Alice 사이에 'To'가 있다는 사실까지.

4.

앨리스가 왜 떠나는지, 어디로 가는지 모르겠어요.

나름대로 이유가 있겠지만 알고 싶지 않아요.

24년 동안 앨리스 옆집에 살았으니까요.

24년 동안 그냥 기회를 기다렸어요.

내 사랑을 말할 기회를, 혹시 나를 달리 봐줄 수 있을까해서.

이제 나는 앨리스가 옆집에 살지 않는 데 익숙해져야 해요.

내가 가사의 내용을 알게 된 것은 한참 후의 일이지만, 옆집 사는 앨리스를 좋아했으나 24년 동안 고백을 하지 못했는데 이사를 가버렸다는 내용이다. 우리 대학시절에도 옆집 사는 앨리스들은 꽤 많았다. 학교 근처에서 자취하는 학생들이 꽤 많았기에 대문을 나서면 마주치는 여학생들이 옆집 사는 앨리스들이다. 누군가는 그 앨리스 때문에 속앓이도 했을 테고.

"야, 윤원장 대학 때 옆집 사는 앨리스 없었어?"

"없었어. 마누라가 첫사랑이여."

"지랄."

"야, 있어도 없지, 이 나이에 무슨."

그래, 있어도 없지. 그 시절 그 음악다방, 그 친구들은 모두 어디로 갔을까? 예전 추억들을 어거지로 끄집어내지는 않지만, 문득 한 순간 생각나는 그 시절 토막기억들은 묘한 아쉬움 이상의 먹먹함이 있다.

"앨리스 말고, 넌 요즘 좋아하는 노래는 뭐야?"

털보를 향해 손가락 두 개를 펴 맥주를 더 시킨 윤원장이 화제를 돌리며 물었다.

"보랏빛 엽서, 임영웅."

대답하고 보니, 어찌 모두 떠나보낸 이에 대한 노래다. 그래, 이제 그 시절, 그 음악다방이 없음에 익숙해져야 한다. 스모키가 옆집에 앨리스가 살지 않는 데 익숙해져야 하는 것처럼.

잃어봐야 알아채는 소중한 것들

1.

잘 살고 있을 거라
생각하지만

가끔은 보고 싶고
때로는 미안하고

그런 이들이 내 삶에도
적지 않네요.

그래도 잘 살 거라
그리 생각합니다.

내가 미안해하고, 응원하기에.

2.

몇 년 전 시골주택으로 이사를 하면서 강아지를 한 마리 얻었다. 아내와 같은 학교에 근무하시던 분이 키우던 개가 낳은 새끼를 분양해주셨다. 내가 아닌 아내에게.

내가 개를 키워본 것은 중학교 때였던 것으로 기억한다. 내가 키웠다기보다는 어머니가 데려다 놓은 강아지를 몇 번 쓰다듬어준 게 다였지만.

그 강아지는 초등학생인 여동생 몫의 강아지였다. 아마 동생도 처음 키우는 강아지였을 것이다. 그 강아지를 여동생이 어떻게 예뻐했는지, 얼마나 키웠는지는 기억이 없다.

어느 날, 학교에서 돌아와 마당에 들어서자 여동생이 목놓아 울고 있었다. 마당 한쪽에 놓아둔 '학독'(절구인데 돌로 된 것을 말한다) 옆에는 강아지가 바들바들 떨며 구석을 파고들고 있었다.

"쟤 왜 그래요?"

나는 여동생 옆에서 가만히 서 계시는 어머니에게 물었다.

"강아지가 농약을 먹었다."

강아지가 우울증이 있어 자살하겠다고 농약을 마셨을 리는 없고, 누가 길에 버린 농약병을 핥아 먹은 것 같았다. 농약병을 박카스 병처럼 길에 버리던 시대였다.

"그럼, 강아지 죽나?"

"그럴 것 같다."

어머니는 한숨을 쉬며 여동생의 등을 토닥거려주었다.

한참을 바들바들 떨던 그 강아지는 결국 죽었다. 강아지의 입에 동치미를 들이미는 어머니의 응급처치도 아무런 소용이 없었다. 그 시골에 동물병원이 있을 리 없었고, 있었다 해도 동물병원에 데리고 갔을 리도 없었을 것이다.

어머니는 내게 그 죽은 강아지의 사체 처리를 맡겼다. 나는 강아지를 상자에 담고 삽을 챙겨 근처 뒷산으로 향했다. 여동생이 훌쩍거리며 나를 따라나섰다. 상여 나가는 것 같았다. 뒷산 적당한 곳을 파고, 나는 강아지를 상자째 묻어주었다. 따라온 동생이 무엇을 했는지는 기억이 없다.

내가 우리 집에서 키웠다고 기억하는 강아지의 기억은 이것이 전부다. (어머니의 말로는 그 이전에도 강아지 한 마리를 키웠는데 그놈도 농약을 주워 먹고 죽었다고 했다. 우리 집은 개가 잘 안되는 집이라고 했다.)

이름도, 생김새도, 털 색깔도 기억에 없지만, 강아지가 약을 먹었다는 것, 그리고 여동생이 서럽게 울었다는 것, 내가 뒷산에 묻어주었다는 것만 기억하고 있다. 그 이후 강아지를 키워볼 기회가 전혀 없었다. 나는 강아지를 싫어하지는 않아도 내가 키울 생각까지는 해본 적이 없었다.

3.

갑자기 강아지를 데려온 것은 아내였다. 지금 사는 시골에 내려간 지 3개월 정도나 되었을까, 퇴근하던 아내가 상자를 하나 들고 나타났다.

"그거 뭐야?"

"강아지. 당신이 하나 키워보고 싶다 했잖아."

'내가 강아지를 키워보고 싶다고 했나? 기억도 없는데, 했다고 해도 사전통보도 없이?'

그때가 겨울이었다. 내가 강아지를 키운다고 했다면 밖에서 키우는 대형견을 말하는 것이었겠지, 집 안에서 키우는 애완견은 생각해보지 않았다.

"재를 어디다 키워, 겨울인데 추워서 밖에 내놓을 수도 없고."

"그냥 집 안에서 키우지 뭐. 봄 되면 밖에 내놓으면 되고."

'말은 쉽지.' 저 강아지를 아내가 챙기지는 않을 테고, 결국 저놈 치다꺼리는 내 차지가 될 텐데, 먹일 것도 없고, 똥오줌을 싸면 또 어떻게 할 것이며.

결국 강아지는 내 몫이 되었고, 나와 아내는 다음 날 강아지 사료, 그릇, 집, 패드 등 강아지 살림을 모두 장만했다. 데려온 강아지를 돌려보낼 수도 없고, 3개월 되었다는 애를, 혼탁한 세상이니 혼자서 강하게 크라고 밖에 내놓을 수도 없었으니.

강아지는 얌전했다. 가만히 앉아서 벌벌 떨다가, 나를 쳐다보다가, 사료를 조금씩 먹다가, 똥을 싸다가, 오줌을 싸다가, 그 정도만 했다는 것이다. 적어도 2~3일 정도는.

2~3일이 지난 후, 얌전하던 강아지는 사라졌다. 무슨 놈의 강아지가 다중이도 아니고, 그렇게 성격이 돌변한단 말인가? 온 방 안을 미친 듯이 돌아다니고, 똥, 오줌을 싸서 짓이겨놓고, 작은 방에 가둬놓으면 패드를 물어뜯어 걸레를 만들어놓았다. 이놈이 진돗개였다. 그것도 수놈.

그래도 나는 나름대로 그놈에게 정성을 다했고, 우리 집 방 하나는 그놈 차지가 되었다. 깔아놓은 패드는 물어뜯고, 똥오줌은 방바닥에 전시를 해놓으니, 퇴근하면 그거 치우는 데 저녁시간이 다 갔다. 나와 아내의 스트레스가 어마어마했지만, 어찌어찌 그래도 겨울을 보내고 봄이 되자 나는 그놈을 뒷마당에 내놓았다.

4.

마당에서 키우면서 상황이 바뀌었다. 집 안에서 키웠을 때의 어려움은 모두 없어졌고, 밥 주고, 똥 치우는 어려움은 별로 없었다. 문제는 그 애와 아내와의 관계였다. 아, 그 애 이름은 "대박이"였다. 그 당시 아이들 키우는 방송프로그램에서 이동국의 아들 애칭이 대박이였다. 이동국의 아들이 너무 귀여웠고 인기가 많은 시기여서 내가 '대박이'라고 이름 지었다.

대박이와 아내는 친하지를 못했다. 대박이가 어느 정도 덩치가 커지자 아내가 대박이 옆에 가는 것을 무서워한 게 요인이었다. 대박이가 무슨 짓을 하는 것도 아닌데도 아내는 대박이 밥도 잘 주지 못했고, 쓰다듬는 행동은 언감생심이었다.

그냥 그렇게 살았으면 좋았을 것을, 아내는 대박이를 분양해주신 그분의 권유로 강아지 한 마리를 또 가져왔다. 이름은 "가을이"였다. 아마 가을에 낳았다고 지은 것 같았다.

가을이는 얌전한 순둥이었다. 진돗개와 동경견의 믹스견이라 했다. 아내는 가을이를 좋아했다. 활동적인 대박이보다 얌전한 가을이를 아내가 좋아하는 것 당연했지만, 대박이가 그 꼴을 보지 못했다. 질투 때문에 가을이에게 해코지를 하기 시작한 것이다. 가을이의 상처가 깊어지면서 아내는 대박이를 다시 돌려보내자고 말했다. 아내의 스트레스를 나 몰라 할 수 없어, 분양해주신 그분이 다시 데리고 가신다고 하면 그렇게 하자고 했다. 결국 대박이는 엄마에게 돌아갔다. 돌려보내는 날 대박이는 내 손가락을 물었다. 제 엄마에게 간 것은 다행이지만 그 애가 가버린 것이 나는 서운했다. 있을 때는 귀찮아하던 아내도 막상 없으니 서운했는지 가을이를 대박이 대신으로 하자며 가을이 이름을 대박이로 개명하여 불렀다.

가을이에서 대박이로 이름을 바꾼 대박이는 그해 여름에 장염을 앓았다. 이틀을 밥을 먹지 않는 방법으로 자신이 아프다는 것을 결국 내게 알렸다. 어린아이나 개나 자신의 의사를 표현하는 방법으로 밥 굶기가 제격인가 보다. 나는 대박이를 병원에 데리고 갔다. 장염이라는 진단을 받고 대박이는 병원에 입원했다. 입원시키지 않으면 생명이 위독하다는 의사의 말을 듣고 그냥 집으로 데리고 가는 개 주인은 없을 게다. 사람 입원비보다 더 나온다는 동물병원에서 일주일을 입원한 대박이는 병원이 좋았는지, 입원실 옆에 암컷이 있었는지 모르지만, 퇴원한 날 다시 설사를 하는 방법으로 이틀을 더 병원에 있겠다는 의사를 표현했다. 9일이 지나 대박이는 다시 집으로 돌아왔다.

5.

내가 마련해준 대박이의 마당은 3미터 곱하기 20미터 크기였다. 창고 한 켠부터 담장 옆 텃밭 한쪽을 전부 대박이 마당으로 마련해 주었다. 요즈음 시골일지라도 어르신들이 싫어해서 개들을 함부로 풀어놓지 못한다. 풀어 키우지 못한 것에 대한 미안함에서 공간을 크게 마련해준 것이다. 문이 없는 창고 안에 대박이의 안방으로 조그만 집을 하나 넣어 주었는데 애석하게도 대박이는 그 안에 들어가지 않았다. 대박이가 폐소공포증이 있을지도 모른다는 추정은 해 봤지만 정신과 치료까지 받게 하지는 못했다. 대박이 마당은 부드러운 흙바닥 공간으로 되어 있었다. 창고에서부터 아래쪽으로 20미터 가량의 와이어줄이, 샤넬넘버 파이브 향의 꽃이 피는 금목서와 체결되어 있었다. 이 와이어는 산책할 때를 제외하면 대박이가 왕복달리기를 하는 운동도구로 사용했는데, 왕복달리기는 꼭 내가 볼 때만 했으니 아마 내게 자신이 잘 달린다는 것을 자랑하고 싶었는지도 모른다.

대박이는 목걸이를 차고 있었고, 세로로 채워진 둥근 고리가 와 이어줄과 연결되어 있었다. 그 목걸이를 구입할 때 나는 대박이의 취향 여부는 고려하지 못했다. 빨간색이었는데 대박이가 빨간색을 좋아하지 않았을지 모르지만 애견샵에서 내가 고른 것이니 대박이의 선택권은 없었다. 대박이의 목걸이는 밥을 먹는 데는 지장이 없지만 앞쪽으로 3미터만 벗어나면 목이 당겨 더이상 나가지 못하게 하는 역할을 담당하고 있었다. 볼 때마다 안타까웠지만 어쩔 수 없었다. 대박이는 비를 많이 좋아하고 즐겼다. 비가 와도 마련된 안방에 들어가지 않고 진흙탕이 된 바닥에 뒹굴며 놀았다. 대박이 방 뒤쪽에는 높이 1.2미터, 길이 50미터 가량의 펜스가 막고 있었고, 그 뒤에는 아까 말한 금목서와 대추나무, 그리고 모시대와 찔레꽃이 자라고 있었다. 대박이 방 앞쪽은 대문까지 보일 정도로 전망이 트여 있었다. 대박이가 가장 좋아하는 전망이었다. 가끔 운 좋으면 길가를 지나가는 대박이의 여자친구를 볼 수 있는 자리이기 때문이었다.

평일에 대박이는 아침, 저녁 두 끼만 먹었다. 반찬은 없어도 물한 모금 마시고 오독 오독 잘 씹어 먹었다. 가끔 밥맛이 없는 듯 굴면 설탕물에 밥을 말아주면 잘 먹었는데 아픈 척할 때 주었다. 가끔 꾀병일 때도 있었지만 나는 모른 척하고 설탕물을 말아주곤 했다.

평일에 나는 출근을 해야 했으니 대박이는 내가 주는 대로만 먹을 수밖에 없었다. 나는 일하고 저는 일하지 않으니 그건 대박이가 감수해야 했다. 대박이는 내 말을 알아듣지만 나는 대박이 말을 알아듣지 못했다. 아무래도 나보다 대박이 아이큐가 더 높을 수도 있었지만, 아이큐 검사는 해보지 못했다.

집 뒤편에서 양파를 가공하는 비닐하우스에 대박이의 여자친구가 살았다. 주말이면 가끔 놀러왔는데 내가 보기엔 썸을 타는 것 같았다. 대박이는 적극적으로 다가서지만 여자친구는 대박이 주변만 뱅뱅 돌 뿐 완전한 곁을 주지 않았다.

나는 대박이 여자친구 이름을 "리아"로 지어주었다. 제 집에서 부르는 이름이 있겠지만 이름을 밝히지 않아서 내가 그냥 지었다. 리아, 뭔가 세련되어 보이니 대박이 여자친구의 이름으로 딱이었다. 내가 무슨 이유로 리아라고 했는지는 기억이 나지 않는다. 아마 그즈음 TV에 나오는 누군가의 이름이었을 것이다.

대박이가 있는 마당 뒤쪽 담장에 금목서 두 그루가 있다. 주말이면 그 금목서 두 그루 사이로 리아가 나타났다. 그래서인지 대박이는 리아가 오지 않는 날에도 가끔 그 사이에 앉아서 밖을 보곤 했다.

그해 겨울 어느 날 대박이는 결국 집을 나갔다. 리아가 찾아오는 일이 잦아지고, 가끔 스킨십을 하기 시작하더니 몇 번 목줄을 풀고

양파비닐하우스에서 사랑을 나누는 것을 목격했다. 대박이가 없어진 날 리아도 없어졌다. 양파비닐하우스 할머니께 여쭤봤지만 개가 스스로 나갔는지 개장수가 잡아갔는지 모르겠다고만 했다. 한 달을 여기저기 찾아보던 나는 결국 대박이를 포기했다. 대박이는 리아와 함께 모험을 떠났을 거라 위안을 삼았다.

6.

사실 나는 대박이가 싸놓은 똥을 치우는 데 매일 골머리를 앓았다. 퇴근해서 피곤한데 개똥부터 치워야 했고, 출근 전에 내 아침밥은 챙겨먹지 못해도 대박이 밥은 꼭 챙겨주고 다녔으니 가끔은 귀찮아하고 피곤해했다. 발정기에는 얼마나 짖어대고 낑낑대는지 잠을 못 잘 지경인지라 나는 아내에게 대박이를 돌려보내자는 말까지 했었다. 그래도 주말에 잠깐씩 목줄을 풀어주고 마당에서 같이 놀면 또 귀찮았던 맘이 모두 사라지고, 미안해하곤 했다.

대박이가 나간 지 벌써 3년이 지났지만 나는 더이상 개를 키우지 못하고 있다. 요즘도 동네 어귀에서 대박이 비슷한 개를 발견하면 다시 한번 돌아보는 버릇이 생겼다. 이제 대박이가 돌아올 확률은 없지만, 인간이 알게 되는 많은 것들은 이별이 알려주었다는 누

군가의 말처럼, 잃어봐야 나의 마음을 눈치 채는 일들은 분명히 있다. '잘 살고 있겠지.'

왜 이리도 허망한 것인고……

1.

왜 이리도, 이리도 허망한 것인고…….

가슴을 치며 흐느끼는 그의 아들의 통곡이
'아빠 미안해, 미안해' 하는 그의 아들의 오열이
극악스러운 통증으로 내 가슴을 후벼대는데

그가 그렇게도 이뻐했던
그의 딸이 흘려대는 망연자실한 눈물이
내 눈에 옮겨 붙어 멈출 줄 모르는데

거기가 어디라고, 어디라고 들어가서
그 모진 불꽃을 어찌 견뎌내고 갔을꼬.

지지리도, 그리 지지리도 겁도 많던 놈이
그 뜨거움을, 그리 뜨거울 것을 어찌 견뎌냈을꼬.

거기가 어디라고, 거기가 어디라고 드러누워 있느냐고
그놈의 멱살을 잡아, 두 손으로 움켜잡아 끄집어내야 할 것을
한 발짝도 움직이지 못하는 내가, 이리 못나게도 무력한데

그 수많은 날을 연락하던 놈이,
"비온디 뭐하요' 하던 놈이
'날 좋은디 뭐하요' 하던 놈이

왜 그날은 나를 잊었을꼬.
왜 그날은 우리를 잊었을꼬.

내게 전화했으면
우리 앞에서 시를 읊었으면
이리도 허망하게 보내지 않았을 것을
왜 이리도,
이리도

허망한 것인고…….

친구가 세상을 떠났다. 얼마 전까지 옆에 있던 이가 이제 이 세상에 없다는 느낌. 슬픔이라 하기에는 '슬픔'의 낱말은 아니었다. 내가 아는 '슬픔'의 감정은 '고통'일 텐데 고통과는 그 연원이 달랐다. 이게 뭔가? 이게 뭔가? 하다가 그냥 눈물만 쏟았다. 서러웠다. 그래 맞다. 서러웠다. 친구가 죽었는데 서러웠다는 느낌이 맞는지는 모르겠지만 복받쳐 오르는 눈물의 원천은 '슬픔'의 단어보다는 '설움'의 단어였다. 그래서 그냥 펑펑 울었다. 서러워서. 친구 아들이 꺼이꺼이 울면 내가 더 서러워서 울었고, 그 친구 딸이 가슴 치며 울면 또 다시 서러워서 울었다. 그렇게 한참을 울었다.

아직 죽음과 가까운 나이는 아니다. '죽음'이라는 단어는 수없이 겪었고, 그 '죽음'의 육체도 수없이 보았지만 나의 죽음과 주변 이의 죽음은 그 단어마저 몸서리쳐진다. 내 몸서리로 주변 이의 죽음이 가까이 오지 않는다면 몇 번의 몸서리도 마다하지 않겠지만, 아직 가까이 하고 싶지 않은 죽음은 주변 이들을 거쳐 한 걸음씩 오고 있다.

죽음은 삶과 구분하기 위해 생겨난 단어겠지만 죽음이라는 단어는 사는 이의 단어이지 죽은 이의 단어는 아니다. 죽은 이는 죽음이라는 단어를 알지 못한다. 하여, 죽음은 사는 이가 겪는 운명의 단어다.

죽음은 살았던 이의 육체가 움직임을 멈추는 것이기에, 주변 이의 죽음은 살아 움직였던 이가 움직이지 못하는 것에 대한 안타까움과 설움이다. 옆에서 움직이며, 웃고, 먹고, 말 걸고, 그리고 스스로 치열하게 살았던 이가 모든 것을 멈추었다는 것, 그리고 그 멈춤마저 사라지는 소멸의 슬픔, 그래서 죽음은 서러운 것이다. 죽은 이가 아닌 살아남은 이가 서럽다. 가는 것은 제 놈이 갔지만, 슬픔과 설움, 그리고 그리움은 나에게 남았으니, 죽은 이는 추호의 남김도 없이 관계를 정리했지만, 남은 이는 아직도 정리 중이다. 오늘도, 내일도. 그 죽은 이가 잊힐 때까지. 결국 정리가 끝나는 시기는 남은 이도 죽음이 왔을 때뿐이다. 그때까지 슬픔이든 설움이든 고통이든 죽음이 남겨둔 단어를 마음에 품는 건, 사는 이의 몫이니, 죽은 이가 원망스러운 건 남은 이의 이기심일 터이다. 친구가 보고 싶다.

'내 곧 술 한잔 따르러 감세.'

3장

이 나이엔 나름
고민들이 많다

뭔가 2%를 항상 아쉬워하고,

퇴직하고 뭐할까를 걱정도 하고,

마당에 잡초도 뽑아내면서,

그렇게 오늘을 살고, 내일을 준비하며 버텨나간다.

별다를 게 없는 미래겠지만 그래도 준비해야

노후에 밥이라도 먹겠지.

'요조'의 작은 사람

1.

나이를 먹으니 부모가 보인다.

부모를 보니 내가 보인다.

나를 보니 내가 걱정이다.

부모를 보는데 나를 걱정하니

나는 효자가 되기는 글렀나보다.

나를 걱정하니 자식이 걱정이 된다.

나는 미리미리 대비해서 자식 걱정 안 시켜야지 한다.

부모를 보고 자식을 걱정하니

나는 효자가 되기는 글렀나보다.

2.

요즘 "요조"라고 뮤지션이자 작가로 활동하는 이가 자주 검색된다. 내가 일부러 검색하고 있는 것일 수도 있으니 관심이 가는 것은 사실이다. 나는 요조를 김제동이 진행했던 프로그램 화면으로 예전에 한두 번 보았다. 김제동의 까불까불한 진행과 반대로, 요조는 차분한 외모와 더 차분한 목소리로 김제동의 질문에 답하고 노래했던 것으로 기억한다. 그때 인상이 괜찮았을까, 아님, 담백하게 통기타를 치는 모습이 인상 깊었을까.

최근 『실패를 사랑하는 직업』이라는 산문집을 발견했다. 작가가 요조였다. 자신과 주변의 이야기를 부담스럽지 않게 써내려간 글의 분위기가 내 스타일에 맞았나보다. 나는 에세이집 전체를 다 읽지는 않는 편이다. 제목과 분위기를 잠깐 훑어보고 눈이 가는 부분만 읽는 편인데, 이번 요조의 산문은 모조리 읽었다. 물론 처음부터 쭉 읽어내려간 것은 아니다. 눈이 가는 부분을 찾아 읽다가 "어!" 하면서 한 편씩 더 읽다 보니 결국은 모두 읽게 되었다.

요조라는 사람이 조금 더 궁금해졌다. 《작은 사람》과 《모과나무》가 최근 음반인데 〈작은 사람〉이라는 노래 가사가 뭔가 있어 보였다. '있어 보였다'는 표현이 참 없어 보이지만, 아무튼 좀 뭔가 울림을 주는, 그런 가사였다. 가수이고 음반이니 노래가 칭찬을 받아야 할 텐데 그 칭찬의 먼저가 가사이니 요조에게는 미안해야 할지 모르겠다. 작은 사람? 김병만과 이수근 이야기인가? 어떤 이야기인지 짐작을 못했다는 말이다. 인터넷에서 검색해본 가사는 나이들어가는 부모님에 대한 짠한 심정을 노래한 것 같았다. 횡단보도에 서 있는 아빠를 멀리서 봤다는 가사나, 마트에 같이 간 엄마 이야기는 다분히 부모의 나이듦이 짠한 자식의 감성? 그런 거였다. 한데, 노래 중간에 "우리는"이 들어가 있다. 작은 사람에 우리가 들었으니 '작은 사람'이 부모님만은 아니라는 것이다. 노래하는 가사만으로는 요조의 큰 뜻을 알 수 없어서 다시 노래 가사의 배경들을 찾았다. 앨범에 기재된 제목은, 크기가 작다는 의미가 아닌, 연약하다는 의미의 'weak people'이었다. 어찌 한글보다 영어가 더 의미 전달에 효과적이 되었는지 모르지만, 위크 피플로 해석하니 노래가 말하고자 하는 게 뭔지 알 것 같았다. 요조는 나약한 이들에게 손을 흔들어 위로하고 싶었나보다. 횡단보도나 마트에 작게 서 있던 부모님을 포함해서.

3.

그러고 보면 요조는, 자신의 산문집에서도 여기저기에서 손을 흔들어 다른 이의 마음을 받아주고 위로해준다. 아침에 일어나 빨래를 널다 자신을 쳐다보는 아이에게 손을 흔들어주고, 외롭다는 서투른 연극배우에게 힘내라 손을 흔들어주고, 책방에 들른 일이 엄마에겐 비밀이라는 아이에게 "또 와!"라며 소리쳐준다. 『실패를 사랑하는 직업』에 나오는 요조가 스스로를 묘사한 모습이다.

"요조"라는 이름은 다자이 오사무가 「인간실격」에서 등장시킨 인물이라며, 가수 요조 스스로 설명하고 있다. 「인간실격」에 나오는 요조는 지금의 가수 요조와는 공통점을 찾기 힘들다. 작품 속의 요조는 자아비판, 자기혐오, 염세적 사고를 대표하는데, 연약한 이에게 위로를 주는 가수 요조는 왜 "요조"라는 이름을 사용하고 있을까?

공통점은 없으나 조금 넘치게 해석해보면, 아마 자기혐오에 빠진 「인간실격」의 요조까지 가수 요조가 위로하고 싶어서였는지도 모르겠다. 자신과 요조를 동일시하던 시절이 있었을 테니까.

가수 요조의 노래는 차분하고 평화롭다. 요조의 스타일이겠으나, 요조 노래의 지향점인 듯도 하다. '지향점'이라는 표현이 조금 어색하지만 내 표현력의 한계인지 다른 표현이 생각나지 않는다. 아무튼 요조가 노래를 통해서 표현하고자 하는 무언가를 말하는 것이다.

4.

요조가 노래한 '작은 사람'이 부모라면, 나에게도 그가 말한 '작은 사람'이 있었다. 아버지다. 구십을 넘기시며 아버지는 파킨슨병과 치매가 찾아왔다. 아버지의 치매를 한동안을 버티던 우리 가족은 결국 손을 들었고, 나는 아들이라는 자격으로 내 아버지를 요양원으로 보냈다. 요양원을 가기 직전, 아버지는 그 치매라는 어둠 속에서도 본능적으로 자신을 단속하셨다. 아무도 없는 새벽에 일어나 한 시간 동안 몸을 씻고 냉장고에서 어렵사리 우유를 꺼내 마신 후 다시 방으로 들어가, 가족이 있는 낮 동안 나오시지 않았다. 아버지 자신에게서 날 노인의 냄새를 가족에게 맡게 하고 싶지 않아서 스스로를 방에 가두신 것이다. 아버지가 들어가신 방은 다행히 한쪽은 뒷산이 보이는 곳이었다. 아버진 아마 그 산을 하염없이 바라보고 계셨을 것이다. 평생을 일을 해서 스스로 마련한 집 한 켠에서 스스로를 가둔 아버지는 무슨 생각을 하셨을까. 너무도 작아져 버린 자신과 이제 낯설어진 가족에게서 그만 떠나야 함을 스스로에게 인식시키고 다독이고 있었을까.

요양원으로 가신 날, 아무 말 없이 살 한 점 없는 손을 힘없이 흔들며 휠체어에 실려가시던 아버지는 자신이 낳은 아들을 어떤 눈으로 보셨을까. 울컥이는 울음을 참아내는 아들을 안타까워 하셨을까, 가증스러워 하셨을까.

내 아버지는 이제 그 작은 모습도 볼 수 없고, 납골당의 사진 속에서 웃고 계시지만, 아마 지금은 점점 작아져가는 아들을 안타까워하고 있을지도 모르겠다. 아버지의 손주는 커가고, 아버지의 아들은 작아져가고 있음을.

어머니, 올봄 꽃구경은
사진으로 하시게요

1.

작년 벚꽃이 올해도 피었다네요.

그놈이 그놈이고

그 꽃이 그 꽃일 거예요.

올 봄 꽃구경은

작년 사진으로 하시게요.

코로나도 곧 끝날 거예요.

기도는 집에서 하세요.

$\overline{2.}$

어머니, 요즘 밖에 안 나가시죠? 답답하시더라도 좀 참으세요.

그 코로나 때문에 밖에 안 나가고 사람 안 만나는 운동 아직 계속 한다네요. 조금만 더 참으세요. 머리 좋은 사람들이 곧 치료약 개발하면 괜찮아질 거예요. TV도 보시고 아버지도 좀 챙겨주시고. 지난번 보훈병원에서 타온 아버지 약 잘 챙겨주세요. 그 약이 아버지 입에서 침도 좀 덜 나오게 하고, 걸음걸이도 좋아지게 하는 약이래요. 잘 챙겨 드시면 좋아지신다고 의사 선생님이 말씀하셨으니 믿어보게요.

반찬거리 필요하신 건 집 아래 마트 아주머니에게 전화로 주문하세요.

어멈이 마트 아주머니께 말씀드려 두었으니 배달해주실 거예요. 요즘 어멈도 푹 빠져 있던데 트로트 부르는 TV프로 있잖아요. 그거 다시 보기로 보세요. 임영웅 좋아하신다고 하셨잖아요. 우리 작은 애 나이밖에 안 되는데 노래를 참 잘 부르데요. 어멈이 임영웅에게 홍삼 사서 보낸다는 쓸데없는 소리 하기에 제가 눈총 좀 줬어요. 우리 아들이나 챙기지 무슨⋯⋯.

걱정하셨던 큰애 있는 지역은 코로나 확진환자가 없어서 아직 괜찮다고 하네요. 그래도 마스크 꼭 쓰고 다니고, 술자리 하지 말고 바로바로 집에 들어가라고 일러뒀어요. 할머니 걱정하신다고 전화 자주 드리라 했으니 전화 자주 할 거예요. 마스크는 큰애 근무하는 곳에서 공급해주나 보데요. 걱정 안 하셔도 될 거 같아요.

작은애는 공무원 시험이 미뤄져서 공부를 계속하고 있나봐요.

지난번 시험을 미루면서 4월 중에 다시 시험일정 발표한다고 하더니 아무래도 4월도 힘들 것 같네요. 마음 급하게 먹지 말라고 단속했어요. 학원은 문을 닫아서 다니지 못하고 혼자서 공부하고 있나본데 공부하느라 딱히 밖에 나갈 일은 없다고 하니 걱정 안 하셔도 될 것 같아요. 착실한 놈이라 스스로 잘 챙길 거예요. 마스크는 저와 어멈 몫을 구입해서 몇 개 보내줄 생각이에요. 아무래도 저희들 있는 곳보다는 큰 도시인 작은 애 있는 곳이 걱정이니 미리 좀 챙겨주려고요. 아직은 작은 애도 제 몫으로 정해진 요일에 구입해서 쓰고 있나봐요. 혹시 애들 주겠다고 마스크 사러 나가실까봐 말씀드리는 거니 혹시 약국에 나가셔서 줄 서고 하지 마세요. 저희나 애들 다 마스크 잘 챙겨서 쓰고 있으니까요.

코로나 때문에 올해는 벚꽃 구경을 시켜드리지 못했네요.

작년 벚나무가 올해도 그대로 꽃을 피웠을 테니 그 꽃이 그 꽃일 거예요. 뉴스에 나오는 영상을 보니 작년 벚꽃인지 올해 벚꽃인지 구별도 못하겠더라고요. 작년에 쌍계사에서 찍어드린 사진 있지요? 그거 꺼내보시고 올해도 잘 피었구나 하세요. 참, 쌍계사 근처 사는 친구에게 들으니 올해 벚꽃은 작년만 못하고, 바람이 많아서 피자마자 다 떨어졌다고 하데요. 코로나 아니더라도 주말 시간 맞춰서 보기 힘들었을 것 같아요. 그렇게 생각하시게요.

저희 집에 올봄 텃밭농사 어떻게 준비 잘하고 있는지 궁금하시죠? 작년 같으면 딱 이맘 때 집에 오셔서 텃밭농사 지휘하셨을 텐데 아쉽네요. 지난 주말에 상추 모종 사다 심고, 시금치 씨앗도 뿌렸어요. 겨울을 잘 난 쪽파하고 부추가 영 부드럽고 아삭거려서 살짝 데쳐 참기름에 무쳐 먹었네요. 방풍나물은 올해 잘 안 나왔어요. 아무래도 해거리하는 거 같아서 밭을 옮겨줘야 할 것 같네요. 모종 몇 개 더 사 와서 심어두기는 했는데 어떨지 모르겠네요.

요즘 제가 주말에 모임을 갖지 않으니 시간이 좀 남네요.

일요일에 남천 100여 주를 근처 농원에서 사다가 데크길 옆에 심었어요. 어멈하고 둘이서 심는 데 네 시간여나 걸렸어요. 생각보다는 시간이 좀 많이 걸리고 땅 파기가 쉽지 않데요. 그래도 다 심고 나니 휑했던 데크길 옆이 모양이 좀 나구만요. 남천 구입하는 김에 어머니 좋아하시는 왕수선화하고 팬지도 가져와서 꽃밭을 만들었네요. 참, 영산홍도 30주가량 심었어요. 신선초 밭 옆 공간이 비어서 영산홍으로 채웠는데 옮겨 심은 나무라 올해는 꽃을 볼 수 있을지는 모르겠어요. 농원 사장님은 심기만 하면 바로 꽃을 볼 수 있다고 하시기는 하던데 좀 시들시들해요. 아침저녁으로 물을 열심히 주고 있으니 꽃을 피워주면 좋고요. 꽃잔디는 올해도 많이 피었어요. 이 애들은 가만히 두어도 해마다 세력을 넓히네요. 코로나가 좀 진정되면 바로 모시러 갈 테니 오셔서 보시게요. 그때쯤이면 상추가 제법 자랄 테니 삼겹살에 상추쌈 하시면 맛있을 것 같네요.

제 시계 사주시겠다고 돈 모아두셨다고 하셨는데 좀 기다려야겠네요.

사람 많은 곳에 가지 말라고 하니까 백화점도 다음에 가시게요. 어머니 휴대폰 바꿔드리기로 한 것도 그때 같이 하시고요. 코로나 이게 빨리 진정되어야 할 텐데, 여러모로 불편하고 여러 사람 걱정 끼치네요. 어머니 찾아뵙지 못한 것도 벌써 한 달 반이 지난 것 같은데 죄송스럽네요. 이 코로나라는 게 젊은 사람보다도 어르신들에게 많이 안 좋다고 하니 혹시 몰라서 찾아뵙지 못하고 있네요. 자주 안부전화 드릴게요.

PS. 참, 당분간 경로당이나 성당에도 나가시지 마세요. 경로당 친구 분들 안부는 전화로 하시고요. 기도는 집에서 하세요.

3.

이 나이가 되니 부모님 걱정이 마음 한쪽에 항상 자리하고 있다. 부모님 건강도 걱정이고, 어찌 지내는지도 걱정이다. 그렇다고 내가 엄청난 효자도 아니지만, 부모님 나이가 너무 많으시고 따로 살고 계신데 거리가 멀어 수시로 가보기 힘들어서 그렇다는 거다. 이제 아버지는 돌아가셨고, 어머니는 집에 혼자 계시는데 자주 가볼수가 없다. 아직은 내 직장생활도 있고, 시골집 일도 해야 하고, 지인들과의 관계도 있고, 그러니 매번 주말마다 부모님 댁에 가지를 못한다. 내 나이쯤 되는 중년들이 거의 겪는 일이겠지만, 부모님 걱정에, 아이들 걱정에, 본인들 노후 걱정에, 중년은 여러모로 속 시끄러운 시기다. 다 그렇게 사는 거지만, 내년에는 부모님과 원 없이 벚꽃구경 할 수 있길 기대해본다.

"어머니, 내년에는 구례 쌍계사에 직접 가서 벚꽃 구경하십시다."

항상 뭔가 2% 아쉽다

1.

항상 뭔가 2% 아쉽다.

남들만큼 살아왔고, 남들이랑 딱히 다르게 사는 것 같지는 않다.

내게는 뭐가 부족할까? 안달이 난다.

다른 이의 삶을 기웃거린다.

딱히 뭐가 아쉬운지 꼬집을 수는 없다. 그냥 마음이 그렇다.

다시 "남들은 어떻게 사나?" 하고 살짝 들여다보면,

이번엔, 별반 다를 게 없다. 그래서 또 안심이다.

나와 다르지 않아서.

내 아버지는 초등학교 교사로 정년퇴직을 하셨다. 시골에 있는 학교에서만 40년을 넘게 재직하셨으니 나는 아버지를 따라 초등학교 시절을 시골에서 보내야 했다. 그래서일까? 성인이 되고, 결혼을 한 후, 나는 시골생활을 동경했다. 시골의 무엇을 원했는지는 잘 모르겠다. 논, 밭 사이의 논둑길을, 뒷동산 가는 오솔길을, 시골길 옆에 나는 코스모스를 생각했는지도 모른다. 결국, 나는 지금 시골에서 산다. 직장은 소도시에 있지만 나름대로 여유를 찾아 몇 년 전 차로 30분 거리의 시골마을로 이사했다. 도시에서는 찾지 못한, 2% 부족한 뭔가를 채워보기 위해서였을 것이다.

동의는 했으나 시골생활에 소극적이었던 아내도 몇 년의 시골생활을 나름대로 견뎌내었다. 잔디 깎기, 잡초 뽑기, 꽃 심기, 텃밭 가꾸기, 인생극장에서 보았던 일들이 우리 일이 되었지만, 잘 깎인 잔디를 예쁘다고 해주고, 잘 자란 상추를 맛있다고 해주며 그렇게 저렇게 살았다.

시골생활은 일 만들기 나름이다. 일 없는 주말이면 삼겹살도 구워 먹고, 소주도 한잔하고, 취하면 어설픈 통기타도 만지고, 술에 그리고 바람에 지치면 그대로 누워서 한숨 자기도 한다. 못다 읽은 책도 읽고, 솜씨 없는 글도 쓰고, 알지 못하는 음악도 듣고, 상추만 자라는 텃밭에 물도 뿌리고, 농협에서 구한 유박거름도 준다. 이만한 삶이면 더 무엇을 바랄까. 더 바라면 욕심이다.

나와 아내는 봄이면 꽃을 심고, 나무를 심고, 방부목으로 길을 만들며 집을 꾸민다.

'꽃을 심어야 하는데……'

봄만 되면 살아나는 강박이다. 욕심이라고 해야 할까. 정원 이쪽을 꾸미면 저쪽이 아쉽다. 목적도 없이 시내에 있는 꽃농원을 늘 들러보며 심을 만한 꽃을 찾는다. '집이 참 예쁘다'는 놀러 온 지인들의 칭찬에 괜히 우쭐하여 실실거린다. 그냥 인사치레인 줄 알지만 집이 예쁘다는 소리를 듣고 싶어 한다. 돈 되는 거 하나도 없어도, 오히려 돈이 나가도, 손톱에 흙이 끼었어도, 집을 꾸미고 뿌듯해한다. 무슨 짓일까?

그래도, 그 욕심 덕분에 우리 집은 나름 예쁘다. 물론 내 생각이다. 그런데도 나는 또 다시 매번 시골의 다른 전원주택을 기웃거린다. 옆 동네 전원주택이 아름다운 민간정원 몇 호로 지정되었다는 소식을 듣고는 괜히 심술이 난다.

"우리 집보다 더 잘 꾸몄나? 한번 가봐야지." 가보면 정말 예쁘게 잘 꾸며놨다. 여기저기를 순찰하듯 돌아보며 우리 집보다 못한 점을 찾아내려 애를 써본다. 결국은 열패감을 느끼다. 괜한 심통에 오다가 남천나무 몇 그루를 또 사온다. 이제는 우리 집엔 남천나무 천지가 되었다. 남천나무는 아내가 좋아한다. 텃밭 울타리로 심고, 감나무 아래도 심고, 꽃밭 옆에 지킴이로도 심고, 뒷마당 수돗가 옆에 멋으로도 심었다. 남천나무는 우리 욕심의 크기가 되고 말았다.

3.

다행히 남의 집 정원이 부럽지 않을 때가 있다. 우리 집이 더 예쁘다고 나 스스로 승리를 선언했을 때다. 그럴 땐 예쁜 우리 집을 보기 위해 얼른 집으로 돌아온다. 집 마당에 들어서기 전 대문 앞 전경부터 우리 집이 그렇게 예쁘게 보인다. 매우 당연하고, 누구나 아는 지혜지만 스스로의 승리 선언이 개인의 정신건강에 더불어 한 가정의 건강한 경제에 도움이 된다. 〈미스터트롯〉처럼 마스터군단이 점수를 주거나 전 국민이 전화투표를 해줄 것이 아닌 바에야, 내가 스스로 남모르게, 알아서, 지 맘대로 선언하면 된다. '내가 승' 이렇게.

열심히 찾아보면 내 장점도, 남보다 조금 이나마 나은 내 삶도, 어딘가에 숨어 있을 것이다. 너무 꼭꼭 숨어서, 매우 열심히 찾아야 할지 모르지만, 뭔가는, 어딘가는 있을 거다. 그리하면 굳이 남이 사는 걸 기웃거릴 필요 없을 것이다.

4.

전원생활의 즐거움은 스스로 만들어야 한다. 가만히 누워 하늘을 본들 재수 없으면 새똥만 맞는다. 오글거리는 대사지만, 꽃을 돌보며 나를 돌보고, 채소를 가꾸며 나를 가꾼다.

꽃잔디, 패랭이, 라넌큘러스, 수선화, 마가렛이 내 집 마당에 핀다. 봄꽃이다. 여름엔 해바라기, 송엽국, 천인국이, 가을엔 구절초, 코스모스, 금계국이 자란다. 제 나올 차례에만 나서는 이 예의바른 생명들은 지들이 알아서 태어난 것은 아니고 나와 아내가 씨를 뿌리고, 모종을 심어놓은 것들이다.

"꽃 좀 보겠다고, 손목 못 쓰게 생겼네."

작년에 식재한 영산홍과 백철쭉 꽃밭에 잡초가 무성해졌다. 뿌리에 붙은 흙에 따라온 풀씨들이 눈치 없이 올라와 있다. 며칠을 벼르던 아내가 새로 산 스테인레스 호미를 호기 있게 집어 들더니 채 30분이 되지 않아 호미를 쥔 손목을 주무른다.

꼴랑, 마당 꽃밭이지만 서로를 부여잡은 잡초 뿌리는 봄물을 꽉

머금은 흙을 좀체 놓지 않는다. 그 애들과 드잡이질 몇 번이면 벌써 손목이 시큰거린다. 스냅을 이용하여 호미 제 힘을 싣는 요령이면 손목에 무리가 조금 덜 가지만, 잡초가 제거되는 정돈의 쾌감과 호미질의 몰입이 손목의 고단함을 살피지 못한다. 어느 순간 찌릿한 통증을 느껴야 손목의 신호를 알아차린다. 그만 쉬게 해달라는 몸의 비명이다. 한 시간 일하면 10분을 쉬는 게 좋지만, 마당일을 하다 보면 도자기 굽는 장인처럼 쓸데없이 열중하게 된다. 고작 풀 뽑는 일임에도. 미련스런 일이나 매번 잊고 같은 짓을 반복한다.

"밥이라도 떠먹으려면 한쪽 손은 아껴 둬."

손목을 만지는 아내에게 나는 미안한 농을 던진다. 빵 터진 아내는 그제야 호미를 놓고 땅바닥에 그대로 앉는다.

"이렇게까지 해서 꼭 집에서 꽃을 봐야 하나? 순천만정원에 가면 꽃이 천지일 텐데."

집에서 10분 거리에 '순천만정원'이 있다. 아내의 말대로 온 세계의 꽃이 천지인 꽃 박람회장이다.

"거기 꽃은 남의 꽃이고, 여기 꽃은 우리 꽃이고."

봄마다 수고로움이 여간 힘들지는 않지만, 남의 집 마당의 꽃은 남의 꽃, 우리 집 마당의 꽃은 우리 꽃이다. 그 차이는 하늘도 알고, 땅도 안다. 내 말에 피식 웃는 아내도 알고 있다. 꽃밭을 헤집어놓는 길고양이 영탁이와 동원이만 모를 뿐(영탁이, 동원이는 우리 집을 자기들 영역으로 삼은 길고양이들 이름이다).

"힘들면 고만하고 들어가 쉬어, 나머지는 내가 할 테니."

내가 고집하여 들어온 시골이니, 아내의 호미질은 매번 안쓰럽다. 내가 할 테니 하지 말라, 매번 만류하지만 나름 정돈의 맛 때문인지 꼭 따라 나와 거들고 나선다.

"거기 당신 있는 쪽 장미넝쿨 말이야, 올해는 걔들이 타고 올라갈 틀 좀 만들어줘. 지지대가 없으니 축축 쳐져서 넝쿨이 땅으로만 향해. 걔들 그리 겸손한 애들 아니야."

작년에 심은 넝쿨장미 두 그루가 제법 자랐다. 지지대를 해줘야 타고 올라갈 텐데, 겨우내 게으름을 피우다 만들지 못했더니 벌써 봄이 되어버렸다. 넝쿨장미는 땅을 향하면 보기가 좋지 않다. 아내 말대로 겸손한 애들은 아니니, 무언가라도 타고 올라가야 넝쿨장미가 제멋을 낼 수 있다. 봄이 되어 새 줄기가 쑥쑥 자라 제힘을 이기지 못하니, 하루라도 빨리 지지대를 해줘야 한다.

"틀을 만들려면 목재가 있어야 하는데, 남는 목재가 있을지 모르겠네."

"지난 번 대문 새로 달고 떼어낸 거 있잖아요, 그거 잘라서 써요."

말은 쉽지, 그거 잘라서 쓰려면 나사며, 못이며, 달린 장석이
며, 전부 해체해야 한다. 땅 위에 세우려면 네 개의 기둥으로 사
각 틀이 필요하다. 세로가 1.5미터, 가로가 2미터 높이의 사각틀
목공은 제법 공력이나 시간이 필요하다. 목공이 초짜이니 더욱이
나 더.

5.

꽃을 보려면 꽃을 심어야 하고, 장미를 보려면 지지대도 세워줘
야 한다. 고생 없이 얻을 수 있는 것은 아무것도 없다. 2%의 아쉬
움이, 그리고 욕심이, 고단할지라도 내 몸을 움직이는 힘이 되고
있는지도 모른다.

나의 캐릭터는 뭘까?

1.

남이 나를 '괜찮은 사람'이라 평가해준다고 내가 괜찮은 사람이 되는 것은 아니라면, 어떤 미운 분이 나를 '부족한 놈'으로 매도한다고 내가 그 부족한 놈이 되는 건 아니다. 그 기준은 누가 정해야 하는 걸까? 이런 의문이 들었다면 스스로 괜찮은 사람이 되고 싶은 내면의 욕구가 이제 슬슬 치올라오는 것일 수 있다. 다른 이의 평가를 너무 의식하는 것은 '미움 받을 용기'가 없는 것이라며 누군가는 질책할 수 있겠으나, 스스로 '괜찮은 사람'이라고 백 번을 되뇐들 남이 인정해주지 않는다면, 허무만 남는 자위나 비웃음을 살 독백밖에 되지 않는다. 인간은 남에게 인정받고자 하는 욕망을 가진 존재고, 그 욕망 때문에 발전한다면, '나는 다른 이에게 어떤 사람으로 인식될까?'라는 고민은 '미움 받을 용기'를 넘어서는 자가발전식 에너지원일 수 있지 않을까.

2.

'나는 어떤 캐릭터를 가지고 있을까?'

나는 누군가를 기억해낼 때 그 사람의 특징을 먼저 끄집어낸다. 다른 이가 나를 기억해낼 때 끄집어내는 특징, 그게 내 캐릭터일 텐데, 그게 뭘까?

누군가 내 이름이 생각나지 않을 때 '아, 그 사람?'까지는 나오는데 그 이후 나에 대한 설명을 하지 못한다면 나는 그에게 인상 깊은 어떤 면이나 특징이 전혀 없었다는 것이다.

예를 들어, "머리 길고 갸름하니 인사 잘하던 그 친구 있잖아."

머리 길고 갸름하다 했으니 예쁜 친구로 기억해줬고, 인사 잘하던 이라고 했으니 예의바른 친구로 인식된 것은 같으나, 특징, 개성에 대한 언급은 전혀 없다.

직장에서 머리 길고 갸름하니 인사 잘하던 애가 한두 명인가? 누구를 말하는 것인지, 상대방은 그 사람을 떠올리지 못한다. 결국 어느 부서에서 어떤 일을 담당했던 직원이라는 부분까지 설명을 해야 상대방에게서 그 사람의 이름이 나온다. 사람 이름 찾아내려다 무슨 말을 하려고 했는지 잊어버리거나 김은 이미 다 빠져버렸다.

문득 누군가 나를 설명할 때 뭐라고 설명할까가 궁금해진다. 내가 나를 설명해보려 해도 마땅한 특징이 생각나지 않는다. 반면에 나와는 달리 연상하기 어렵지 않은 직원들도 꽤 있다.

'테니스를 무척 잘 치던 그 사람', '회식 때 트롯 엄청 잘 부르던 직원', '색소폰 연주가 멋지던 그 직원' 등은 쉽게 설명이 가능하고 곧 바로 기억해낸다. 그들의 특징을 잡아내는 캐리커처를 그린다면 테니스 라켓을 들고 있는 모습, 트롯 부르는 모습, 색소폰을 연주하는 모습을 그리면 간단하겠다. 나는 어떤 모습으로 묘사될까? 술잔 들고 있는 모습이 그려지면 안 될 텐데.

3.

캐릭터는 개성이다. 개성이 없는 사람을 순하다고 평가를 하지만 개성이 없는 사람은 매력이 없다. 개성 없는 사람은 친구를 사귀기도 힘들다. 물론 성격이 강하지 않으니 적도 없을 것이다. 개성은 타고난 성격에도 나타나지만 스스로 만들어 다른 이에게 인식시킬 수도 있다. 너무 강한 개성은 존재감은 확실하나 주변 사람들에게 부담이 될 수도 있으니 강한 개성보다는 나는 매력 있는 사람이 좋다. 나는 확실한 자신의 장기가 있는 사람이 매력 있는 사람으로 생각한다. 그런 의미에서 본다면 나는 매력이 없다. 그래서 이런 좀스런 이야기를 하고 있는지도 모른다. 나이는 들었지만 매력 있는 사람이 되고 싶으니 매력적인 뭔가를 찾아 헤매봐야 할 듯하다. 치명적인 매력까지는 아니더라도.

난 뭘 잘하는 사람일까? 요즘 온라인상에서 사용하는 '본캐', '부캐'라는 말이 있다. 본래 캐릭터, 부수적 캐릭터라는 말인데 본 캐릭터는 그대로 유지하면서 새로운 부 캐릭터를 하나 더 갖는다는 것이다. 자신의 본 캐릭터를 바꾸는 게 어색하다면 부 캐릭터 하나를 키워보는 것은 어떨까? 신문사의 찌질한 기자인 슈퍼맨이 팬티와 망토만 입으면 지구를 구하는 초인으로 바뀌는 것처럼 말이다. 지구를 구하지는 못해도 나 한 사람을 구하는 부 캐릭터 하나 갖는 것도 괜찮지 않을까 싶다.

낮에는 본캐로, 저녁에는 부캐로 살든지, 새로운 시도는 재밌을 것 같다. 유재석은 요즘 부캐가 많다. 개그맨임에도 잘나가는 MC를 하고, 트롯가수 유산슬도 하고, 이런저런 캐릭터에 빠져 논다. 개그맨 김신영도 다비이모라는 부 캐릭터로 트롯가수를 하고 있다. 물론 유재석과 김신영은 돈을 번다. '부캐'로 돈을 버는 일반인들도 요즘은 많다고 들었다. 나이든 내 식으로 말하면 투잡일 텐데 온라인에서는 '부캐'라고 말하는 것 같더라. 본캐가 너무 특성이 없어 지루하면 부캐를 만들어 새로운 즐거움에 빠져보는 것도 괜찮지 않을까. 게다가 부수입으로 혹 돈을 벌 수 있는 캐릭터면 더 좋겠고.

4.

중년의 나이가 되니 이것저것 특색 있는 뭔가를 하고 싶은 마음에 하는 소리다. 나와 같은 생각을 하고 있는 중년 분들 손! 본캐가 딱히 맘에 들지 않으면 우리 함께 부캐 하나 키워봅시다. 혹, 부캐가 돈 될지 누가 압니까? 아무튼, 나의 캐릭터는 뭘까?

도대체, 남들은 퇴근하고 뭐할까?

1.

이제 삶의 변화가 필요한 중년의 나이가 되었다. '나는 누구인가?', '나는 이제 무엇을 위해 살아야 하는가?'라는 거창한 명제를 내세우지 않더라도, 그동안 매달려왔던 직장, 자식 등 삶은 목표가 이루어졌거나, 떠나가거나, 소진되어간다. 내가 책임져왔던 주변의 것들이 나를 필요로 하지 않게 되어가니, 아이러니하게도 이제야 나 자신에게 집중해야 하는 희망찬 위험에 봉착하게 되었다. 온전히 나 자신에게만 집중해본 경험이 부족하여 사회생활을 처음 시작하는 신입처럼 뭘 해야 할지 고민하고 우왕좌왕 갈피를 못 잡는다.

"너는 요즘 퇴근하면 뭐해?"

가끔 퇴근하는 동료직원에게 이런 질문을 하게 된다. 나처럼 이렇게 묻는 사람이 있다면, 그는 요즘 퇴근 후 딱히 하는 것은 없고, 뭔가를 해야 하는데 하지 못하고 있는 자신이 불안한 사람이다. 나이 들면 자식들은 제 할일 찾아 떠나고, 부부 사이는 엎어지면 밟아줄 사이까지는 아닐망정 반려견처럼 반기거나, 보자마자 착 안길 만한 사이는 아니다. 각자 서로 할일을 찾아야 하고, 무려 5미터나 떨어진 각방에서 스스로 독립해서 소일거리를 찾아야 한다. 나이 들어 아내 옆에 너무 붙어 있어도 좋은 소리 못 듣는다. TV 리모컨 조정도 슬슬 한계가 오면 괜히 거실을 한 바퀴 둘러보고, 부엌 냉장고에서 물 한잔 꺼내 마시고, 그리고 아내가 있는 방을 기웃거리다 괜히 아내와 눈이라도 마주치면 움찔하고 다시 방으로 들어간다. 그렇다고 내가 움찔한다는 것은 아니니 오해하지 마시라. 나는 그래도 그냥 당당히 쳐다보고 물 마시러 나왔다며 자연스럽게 돌아선다.

2.

나는 이렇게 퇴근 후 할일이 없는데 남들은 도대체 뭘 하고 시간을 보내는지 자못 궁금하다. 그래서 퇴근하고 무얼 하는지 뭔가를 하는 것 같은 동료에게 물어보는데, 돌아오는 답은 시원찮다.

"응? 뭐, 별거 없는데?"

그러니까, 그 '별거'가 뭐냐는 거지, 그 나이에 무슨 고시 공부하겠니? 수능 공부를 하겠니?

사실 물어보는 사람도, 직장인 중년남자가 퇴근 후에 뭔가를 한다고 해도, 대부분 자신이 짐작할 만한 일이라는 것을 알고 있다. 그중에 하나를 자신이 지금 실천하지 못하고 있는 것뿐이다. 그래서 불안한 것이다. 나는 못 하고 있는데 남들은 육체적, 정신적 건강을 위해, 또 미래를 위해 뭔가 하고 있을 수 있다는 것이. 그래서 때로는 상대방도 자신처럼 아무것도 하지 않고 있다는 것을 알아차리면 스스로 안도하는 것이다. 남이 전봇대로 이빨을 쑤시든 봉체조를 하든 왜 초연하지 못할까?

사실, 대한민국 중년남자가 퇴근 후에 할 수 있는 것은, 아주 특별한 경우를 빼고는 거의 비슷비슷하다. 가장 많은 경우가 건강을 위한 운동일 텐데, 헬스, 골프연습, 테니스, 배드민턴, 탁구나 축구 등일 것이다. 취미활동을 한다면 악기 배우기, 즉 기타, 드럼, 색소폰 배우기 등일 테고, 좀 특이한 경우라면 요리학원, 바리스타학원, 와인학원, 댄스학원에 다니는 것 등이 있을 것이다. 이 이상 더 많은 종류가 있겠지만 가장 평범한 중년남자들의 경우를 예로 들어 본 것이다.

문제는 이런 것들이 있다는 것을 나나 그들이 모르는 것이 아니라 실천을 하지 않거나, 시도한 적이 있더라도 중간에 포기를 한다는 점에 있다. 비장한 각오로 건강 생각해서 운동해야지 마음을 다지고 며칠 다니다 학원 좋은 일만 시킨다. 며칠 후에는 다시 TV리모컨을 조정하고 있는 자신을 발견하고, 또 다시 '뭔가를 해야 하는데' 자책하며, "자네는 퇴근하고 뭐 좀 하나?" 하고 다른 이에게 묻는다.

3.

다들 그렇게 고민하며 살 거라 믿는다. 나만 끈기가 없어서, 못나서 헬스클럽 등록하고 일주일을 못 가는 게 아닐 게다. 사람이라서, 나이가 들어서, 몸이 힘들어서, 좀 귀찮아서, 어제 술 한잔해서 그렇게 못 가고, 안 가고, 집으로 곧장 향해서 TV 앞에 리모컨 들고 드러눕는다. 혼자만 자책하며 안달복달할 필요 없을 거다. 오늘 못했으면 내일 하면 되고, 이번 달은 틀렸으면 다음 달 다시 시작하면 되겠지. '스칼렛'이 내일은 내일의 태양이 다시 뜬다고 하지 않던가. 모양 빠지게 "너는 퇴근 후 뭐하니?" 묻지 말고, 내일 다시 시작하자. 우선, 오늘은 피곤하니까 쉬고.

할까? 말까?
이 나이에 뭘 할 수 있을까?

1.

할까? 말까?

성가신데? 돈이 좀 드는데?

이거 한들 뭐 내게 도움이 될까?

해본들 딱히…….

그래도 남들이 뭔가 도움이 되었다던데?

자기를 발견했다던데?

그까짓 것 쬐끔 해놓고 무슨 자기발견까지.

그래도 해놓고 보면 뭔가 있겠지?

적은 돈이 아닌데

그 돈으로 그냥 책을 사볼까?

책이 최고 아닌가?

아니야, 경험이 효율적이지.

하, 뭐하지?

2.

할까? 말까? 이 고민 참 많이 한다. 하지 말자는 핑계가 하자는
의욕보다 항상 우위를 점하고, 가짓수도 월등히 많다. 그러니 할까
말까는 여전히 진행 중이다. 아마 살아 있는 동안은 계속될 고민일
듯싶다. 아무 생각 안 하면 고민도 없을 텐데, 뭘 하고 싶다는 생각
은 왜 그리 불거지는지, 그 때문에 쓸데없는 고민에 불필요한 머리
를 쓴다.

나이가 들었다고 스스로 인정할 즈음부터 하지 말자는 핑계 중
으뜸은 '내가 지금 이 나이에 뭘 할 수 있을까?'라는 의문이다. 유명
한 자기계발서라는 책들도 내가 하는 고민과 질문은 같지만, 결론

이 다를 뿐이다. 30대든 40대든 50대든 60대든 무조건 하라는 것인데, 그렇게 간단하면 고민이랄 게 없겠지.

나는 뭐 남들이 알아주는 뭔가를 이룰 만한 상황도 조건도, 그 정도의 열정도, 또 그렇게까지 하고 싶지는 않는데, 그래도 그냥 살짝 한쪽 발만 담그고 싶은 정도인데, 그 정도면 할 필요 없을까?

3.

사실 내가 요즘 하는 망설임은 '커피 바리스타에 도전해볼까?'다. 커피 바리스타 2급 자격증이 내겐 당장 아무런 도움이 되지는 않는다. 나는 직업이 있고, 퇴직 후에도 딱히 커피가게를 할 생각은 없다. 다만, 백발의 노신사가 멋진 앞치마를 두르고, 이상적인 카페에서, 정말 멋진 웃음으로 커피를 내리는 모습이 멋지겠다는 생각을 해본 적은 있다. 영화에서 봤을까? 아니면 책에서 읽었을까? 아무튼 그런 모습이다. 그 노신사가 나라는 상상 말이다. 아, 노신사라는 말이 이렇게 자연스럽게 나올 줄이야.

고민을 했다는 이야기다. 내가 집에서 팬에 콜롬비아의 아라비카종 커피를 볶고, 멜리타 드리퍼로 드립커피를 내리고, 매일 아침 아내가 그 커피를 가지고 나간다는 이야기는 앞서 한 적이 있지만,

나는 완전 내 맘대로 커피를 내릴 뿐, 방법도 규칙도 모르는 생 초짜다.

그래서 '바리스타'라는 자격에 대해 항상 궁금하긴 하다. 바리스타 자격증이 커피 맛을 보장하거나, 자격증을 목에 걸어본들 세상이 나를 알아봐주지는 않겠지만, 그 자격증을 취득하면 뭔가 있어 보일 듯한 그런 간질간질한 느낌이 꼭 고민의 원흉이 된다.

카**톡으로 수강 시간을 문의했다. 월요일과 목요일 2회, 오후 일곱 시부터 아홉 시까지 두 시간, 총 12회를 다니면 바리스타 2급 자격시험에 응시 가능하고, 특별한 문제만 없으면 거의 자격증은 받을 수 있단다.

글을 쓰고 보니, 내가 커피를 배우려는 마음보다 자격증 취득 욕심이 먼저인가 보다. 그 자격증을 취득해서 아무런 쓰임새도 없을 텐데.

사람은 뭔가 증명서를 받는 데 욕심이 있는 것 같기는 하다. 쓰임새가 없어도 몇 십 개의 자격을 취득한 사람들이 있다는 이야기도 TV에서 본 바 있으니.

하고 싶은 걸 하라는 둥 용기를 내라는 둥 생각하는 대로 살라는 둥의 거창한 이야기까지 거론할 필요 없이, 쓸모가 있든 없든 매번 미련을 두고 할까 말까 고민하느니 아무래도 이번 기회에 해치우는 게 나을 것 같다. 이번엔 바리스타, 다음번엔 뭐가 되었든.

4.

이야기가 나왔으니 바리스타 자격증을 취득한 이야기를 해보자. 이 책을 쓰는 도중 나는 바리스타 2급 자격을 취득했다.

바리스타 학원에 등록을 하고, 수강 첫날 학원으로 향했다. 나이 먹고 학원이라는 것을 가본 지가 기억도 나지 않으니 커피 내리는 법을 배우러 갈 뿐인데도 가슴이 두근거리고 긴장된다. 회사 바로 앞이고 인터넷으로 위치를 봐두었는데 찾기도 힘들다. 몇 번을 차로 돌다가 간판을 발견했다.

학원 문은 열려 있는데 너무 빨리 왔는지 아무도 없다. 수강생뿐만 아니라 가르칠 선생도 보이지 않는다. 강의실 한쪽만 켜져 있는 형광등 스위치를 찾아 불을 켰다. 커피 만드는 도구가 멋지게 설치되어 있고, 로스팅한 커피 향이 진하게 난다. 커피숍에서 봤던 커다란 커피머신이 반짝거리는데 그 앞에 서 있는 내가 커피 바리스타가 된 것처럼 설렌다.

수강생으로 보이는 앳된 청년이 문을 열고 들어선다.

"수강생?"

아들보다 어려 보이니 존대가 나오지 않는다. 아무리 어려도 처음부터 반말이면 꼰대 소리 듣는데도 너무 어려 보여서 그냥 반말이 나온다. 젊은이 미안허이.

"네, 수강생입니다."

아마 나를 학원 선생으로 생각하는 눈치다. 하긴 웬 나이 든 사람이 바리스타 학원에 있으니 수강생으로 보지는 않겠지. 당연히 선생이지.

"아, 나도 수강생이에요. 반갑네요."

더 오해하기 전에 얼른 수강생임을 밝혀준다. '저 나이 먹은 아저씨가 바리스타를?' 안 봐도 비디오다. 나이를 물으니 스물두 살이라는데 스물두 살짜리 청년과 같이 바리스타 수강생이라니 내가 더 민망하다. 뭐, 다른 나이 먹은 수강생들도 있겠지, 달랑 둘은 아니겠지 뭐.

10분가량을 기다리니 선생이 온다. 여지없이 젊은 청년이다. 나이는 묻지 못했으나 30대 중반쯤으로 보인다.

"이번 기수에 수강하시는 분은 지금 여기 계시는 딱 두 분입니다. 남자 두 분만 수강하는 경우는 저도 처음이네요."

아, 어찌 우려하는 일은 꼭 현실이 되는지. 수강생이 나와 앳된 청년 두 사람뿐이라니. 나와 비슷한 나이가 몇 사람 있으면 조용히 한쪽에서 묻어가려 했더니 수강생이 둘 뿐인데다 한 명은 아들보다 어린 청년, 선생은 30대, 묻어가기 힘든 분위기에, 이거 참, 앞으로 12회를 다녀야 한다는데 적응해낼지 모르겠다. 근데 두 사람 받아서 학원 운영이 되나? 내가 학원 운영 걱정할 것은 아니지만, 나중에 들으니 우리는 저녁반이고, 주간에는 주부들 학원생이 꽤 된단다. 저녁반도 평소에는 많았지만 최근 코로나 때문에 없는 거란다.

아내에게 말했더니 박장대소한다.

"예쁜 아줌마라도 한 분 있었으면 좋았을 텐데 그렇지?"

어째 통쾌해하는 표정이 얄밉다. 아무튼 상황이 어렵지만 시작은 했으니 일주일에 두 번, 학원까지 발걸음만 하면 바리스타가 될 수 있겠지. 나이 먹어서 뭐하는 짓인가 하는 생각도 들지만 이것도 다 사는 재미지 뭐. '할까? 말까?'에서 이번에는 시작을 했으니 내가 대견하기도 하고.

5.

이렇게 나는 바리스타 학원을 퇴근 후 12회를 다니고, 필기시험과 에스프레소, 라떼 만드는 실기시험을 거쳐 2급 자격증을 취득하였다. 할까? 말까? 고민이면 그냥 하는 게 낫다. 오늘이 가장 젊은 날이니, 나이를 탓하면 더이상 할 수 있는 젊은 날은 없다. 다음엔 뭘 할까? 와인소믈리에?

퇴직하고 뭐할까?

1.

뒷마당 텃밭 위에 비닐하우스 한 동
탁자 한 개, 의자 세 개

손님 둘, 주인장 하나에 진돗개 한 마리
막걸리 한 병, 잔은 세 잔, 개밥그릇 하나

상추, 고추, 각 한 접시, 신선초, 방풍나물 한 소쿠리
삽겹살 이만 원어치, 아니 목살로

삼겹살은 손님이 막걸리는 주인장이
먼저 취하는 사람이 독박
취하지 못한 사람이 설거지 담당

주인장은 희끗한 머리에 기타를 치고, 책을 사랑하며, 이탈리아를 사랑합니다. 이탈리아를 가본 적은 없습니다. 누군가 이탈리아를 사랑한다는 말이 너무 좋아 보여 주인장도 이탈리아를 사랑하게 되었습니다. 주인장은 책을 읽습니다. 책을 읽어도 내용은 기억하지 못합니다. 그냥 읽는 게 좋아서 마냥 읽습니다. 그렇게 하루를 보내고 싶습니다. 나는 주인장입니다.

_집 앞 팻말에 쏠 글

2.

이 글은 내가 인천에 근무할 당시인 2015. 11. 11. 수첩에 적은 글이다. 퇴직 후에 북카페와 게스트하우스를 하고 싶다며 써놓은 글인데, 아마 비슷한 시가 있어 내 희망사항에 맞춰 쓴 것으로 보인다. 어느 분이 쓴 글을 내가 수첩에 적어놓았다면 많이 죄송스러운 일이나 내가 퇴직 후 지내고 싶은 마음이 그대로 담겨 있어 여기에 적어보았으니 이해해주실 것으로 믿는다.

6년 전부터 퇴직에 대한 고민을 했나보다. 퇴직할 나이가 되니 '퇴직하고 뭐할까?'가 고민이다. 요즘은 거의 100세까지 산다고 하니, 젊어서 직장생활을 한 기간보다 퇴직 후 죽을 때까지의 기간이 더 많을 지경이다. 이거 참 위험한 일이다.

"나는 그냥 술 마시고 싶으면 마시네. 건강 생각하다 너무 오래 살면 어쩔 건가. 생각만 해도 끔찍하네. 위험해, 너무 오래 살 위험 이 있어."

친구의 농담이나 웃고 넘어갈 말이 아니다. 오래 사는 것, 이거 참 위험한 일이 되었다. 나이가 들면 돈을 거의 안 쓰고, 거의 안 먹고, 거의 안 움직이고, 아무것도 안 하고 살 수 있다면 좋으련만, 요즘은 그렇지가 않다. 오히려 직장을 다닐 때보다 시간이 남아돌 아 더 싸돌아다니고 생각지도 못한 무슨 일을 저지르고 다닌다. 건 강해서다. 60세가 정년이라면 요즘 추세로는 너무 젊고 팔팔한 나 이다. 요즘은 70세에도 아몬드 19개씩만 먹으면 아이도 낳는다는 어느 연예인의 농담처럼, 60세, 70세까지도 노인이라고 말하기 어 려울 정도로 짱짱하다. 문제는 경제력이다. 돈 걱정 없을 만큼 충 분히 벌어둔 사람이라면 문제될 게 없지만, 대다수 일반 서민들이 어찌 그럴 형편이 되는가. 공무원이라면 그래도 약간의 연금이 나 온다고 해도, 요즘 나오는 공무원 연금액수로는 부부가 노후를 여 유 있게 지내기엔 많이 부족하다. 젊었을 때부터 살아온 생활의 패 턴 때문이다. 요즘 생활 패턴은 아무리 나이가 들어도 먹고사는 생활에만 만족하지는 않는다. 운이 좋아서 자식들을 모두 내보내서 그들에게 들어갈 돈이 없다고 하더라도, 부부가 미리 준비하여 시골에 들어가 산다고 하더라도, 최소한의 생필품 구입을 위해서는 교통수단이 필요하다. 근처 마트만 가더라도 차를 타고 가야지 자전거를 타고 갈 수는 없다. 차량유지비, 휴대폰, 인터넷 등의 통신비, 경조사비, 병원비, 먹는 부식비 등만 해도 장난이 아니다. '나는 자연인이다'를 추구하며 아무도 만나지 않고 산다면 모를까, 친구들 만나서 밥 한 번, 술 한잔이라도 하려면, 친구에게만 돈을 내라고 할 수 없다. 친구가 한 번 사면 나도 한 번 사야 한다. '부자유친', 부자친구를 만나면 이 점은 해결되지만, 아직은 좀 더 노력해야 한다.

3.

퇴직 후에도 뭔가 조금이라도 용돈벌이를 해야 한다. 20대 후반부터 정년퇴직을 몇 년 남겨둔 나이까지 오직 하나의 직업만을 가지고 지금까지 살아왔는데, 60세의 나이에 다른 직업을 새로이 갖는다는 게 어디 쉬운가. 어떤 자격증이라도 하나 있으면 사무실이라도 하나 내본다지만, 그것도 없으면 가장 쉽게 생각하는 게 가게를 차리는 것인데, 그것도 전부 기본자금이 필요하니 덜컥 겁이 먼저 난다. 평생을 일해서 모아놓은 퇴직금을 날리지 않을까. 요즘 장사하겠다고 개업한 사람들 중 절반이 1년 내에 폐업을 한다는데, 아무 경험이 없는 장사를 시작해도 될까. 너무 크게 벌리지 말고, 망해도 폭삭 망하지 않게 조그만 김밥집이나 통닭집이나 하나 해볼까. 요즘은 카페 창업이 대세라던데 가게세가 너무 비싸지 않은 곳에다 조그맣게 욕심 부리지 않고 시작하면 괜찮지 않을까. 하룻밤에 머릿속에서 장사를 몇 번을 엎었다, 차렸다를 반복하다 "아이고 모르겠다, 어찌 되겠지"로 결국 이불을 뒤집어쓰고 만다.

그래도 뭔가 준비를 해야지 하며, 퇴직 5년 전부터 은퇴 준비를 해야 한다는 내용의 책을 들춰본다. 미리 자격증을 취득해라, 종잣돈을 조금씩 마련해두어라, 책을 써라 등 원론적인 이야기들뿐이다.

"자네는 퇴직하면 뭐할 건가?"

"글쎄, 딱히 뭐 준비하고 있는 것도 없고 해서 걱정이지 뭐."

퇴직을 몇 년 앞둔 동료들의 술자리 대화의 시작은 대부분 이렇다. 결국 대안도 결론도 없이 술만 취해서 끝나지만, 다들 머릿속에 가지고 있는 고민들이다.

평생을 직장생활을 하다 정년까지 했는데 퇴직 후 생활까지 걱정해야 하는 게 한심하기도 하고, 억울하기도 하지만, 어차피 내가 해결해야 할 고민이고, 내 생활이다. 내 삶을 누구에게 해결해달라고 하겠는가. 천천히 차츰차츰 고민하며, 무엇을 할 것인지, 어떻게 할 것인지 찾고자 노력하면 지금까지 살아왔듯이 또 살아갈 길이 있겠지. 짜증나고, 성질나고, 억울하다며 확 뒤집어엎지만 않으면.

여러분은 퇴직하고 뭐하실 건가요?

이발소 갈까? 미용실 갈까?

나이 든 중년도 외모에는 꽤 민감하다. 이발소로 갈까? 미용실에 갈까? 이것도 고민 축에 드는지 애매하지만, 놀랍게도 나이 든 남자들이 꽤 많이 하는 고민이다. 요즘은 중년남자들도 많은 사람들이 미용실을 이용한다. 허나, 미용실은 이발소만큼 그 출입이 편하지만은 않다.

내 기준으로 머리를 잘라야 하는 주기는 한 달 정도의 기간이다. 거의 매번 염색과 같이 하는데 이용하는 곳도 주기적으로 바뀐다.

한 달에 한 번씩, 1년이면 거의 12회의 머리를 잘라야 하지만, 나는 거의 매번 어디로 갈까를 고민한다. 사실은 이발소가 익숙하여 마음이 편하지만, 머리를 자르는 스타일이 그 고민의 이유다. 아, 이 나이에 스타일을 고민하다니.

당연하지만 이발소는 딱 아저씨 스타일로 자른다. 어떤 이발소든 거의 예외는 없다. 나는 아저씨인지라 아저씨 스타일이 맞을 테고, 나도 그 스타일을 극히 싫어하는 것은 아니나, 옆머리가 하얗게 나올 정도로 너무 짧게 자르니, 일주일만 지나도 흰머리가 정체를 드러낸다.

반면에, 미용실은 아저씨의 느낌이 덜하니 조금 더 젊어 보인다. 젊어 보이고 싶어 하니 나이를 먹기는 먹었나보다. 결국 그 이유로 미용실을 선택하는 횟수가 더 많다.

─
2.

꽤 많은 시간을 미용실을 이용했으니 익숙해질 만도 한데 내겐 아직도 미용실이 선뜻 들어서기는 어색한 장소다. 미용실로 결정하고, 용기를 내서 미용실 앞에 도착하면, 나는 미용실 입장 전에 세 가지를 먼저 살핀다.

첫 번째로, 문이나 간판에 "남성 컷"이라는 문구가 있는지를 확인한다. '남성 컷'이라는 문구는 내게 안도감을 준다. 내가 들어가도 되는 곳이구나, 내가 들어가도 쫓아내지는 않겠구나, 주인이 나의 입장을 허락하는 문구로 여겨진다. 미용실을 여성의 전유물로 여겼던 시대를 살아온 세대이기 때문일 것이다.

두 번째는, 먼저 온 여자 손님이 있는지를 살핀다. '남성 컷'에서 안도하지만, 먼저 자리를 차지한 여자 손님들은 또 다른 어색함의 벽을 하나 세우고 만다.

'나이 든 남자가 왜 미용실을? 이발소 아니고?'

내가 누군지도 모를 여자 손님들이 그 벽을 세웠을 리는 당연히 없겠으니, 스스로 만들어 써 붙인 마음속의 문구가 출입을 방해한다. 굳이 자위를 하자면, 중년의 나이지만 스스로 염치를 잊지 않았으니, 젊음이 완전히 소멸되지는 않았음을 다행으로 여겨야 할까.

세 번째 살피는 바는 남자 미용사의 여부다. 남자 미용사는 동성의 편안함이 있다. 같은 남성이라는 동질감, 혼자만의 감정이지만 남성은 안도감을 준다. 남자 미용사의 존재는 여자 손님의 어색함을 다행히 이겨내준다. 손님이 아닌 미용사지만 같은 동족이 같은 공간에 있으니 다른 동족인 여성의 존재가 나의 기를 압박하지는 않으리라. 이러한 이유로 남자 미용사의 존재 또한 나의 미용실 출입을 허락하는 표시로 여긴다. 그날은 여자 손님의 존재도 나의 출입을 막지는 못한다.

세 가지 조건이 충족되어 입장을 한 후에도 몇 가지 난관이 더 있다.

"찾으시는 선생님 있으세요?"라는 낯선 질문. 미용실에 처음 갔던 날 나는 이 질문의 진의를 파악하지 못했고, 잠시 당황스러워 질문자를 몇 초간 쳐다보는 무례를 저질렀다. 나는 당연히 머리를 자르러 갔지, 선생님을 찾으러 미용실을 갈리는 없었으니 답은 "아니요"였다. 선생님을 찾으려면 학교로 갔지 내가 왜 미용실을 갔겠는가.

다행히 그 질문의 진의 파악은 금세 가능했지만, 미용실에도 그렇게 많은 선생님들이 있다는 것에 놀랐다.

그 선생님들은 조금 규모가 있는 미용실에만 근무하기에 그 이후에는 가능한 한 선생님이 아닌 아줌마 혼자서 일하는 미용실을 찾는다. 이 나이가 되어도 선생님이 내 머리를 만져주는 것은 부담스럽다.

자리에 앉아서 듣는 두 번째 물음은 "어떻게 해드릴까요?"다. 이 물음도 나에게는 난감한 물음이다. 이발소는 물음이 거의 없다. 있다면 '바리깡을 댈 거냐, 가위로만 하느냐'이지 어떤 스타일로 할 거냐의 물음은 없으니, 미용실의 이 물음도 잠시 고민을 하게 된다. 어떻게 해달라고 하지? 원빈 스타일? 아니면 현빈?

처음 미용실을 찾았을 때의 나의 답은 "알아서 해주세요"였다. 그 주문은 위험하고 엄청난 모험이라는 것을 몇 번의 경험을 통해서 터득했다. '라스트 모히칸'을 만들든 '호섭이'를 만들든 당신 알아서 해주세요라고 허락을 해버렸으니 결과물에 따질 수도 없다.

이제 나는 미용사의 그 물음에는 구체적으로 답한다. 원빈이나 현빈 스타일 아니면 지금 내 스타일 그대로 해달라고. 미용사의 솜씨가 '가위손'처럼 뛰어나 원빈이나 현빈을 만들어주면 성은이 망극할 일이고, 내 스타일 그대로 깔끔하게만 해줘도 손해 볼 일이 없기 때문이다.

3.

난감한 질문의 과정과 커트의 과정이 끝나면, 버텨야 할 또 다른 난관이 하나 더 있는데 머리 감기다.

머리 감기는 미용실과 이발소에 큰 차이가 있다. 자세의 차이다. 겸손한 자세와 거만한 자세의 차이는 아닐 테고, 서비스와 실용성의 차이에서 시작되었을 것으로 내 나름대로 추정한다.

이발소는 앞으로 머리를 숙이고, 두 손을 얌전히 모아 허벅지 위에 올려둔 후, 엉덩이를 뒤로 뺀 자세로 의자에 앉는다. 이발사가 갑이 되고, 손님이 을이 되는 자세다.

머리를 약간 들기라도 하는 날에는 머리를 감기던 이가 바로 머리를 눌러버린다. 더 숙이라는 것이다. 비누거품을 낸 후 손가락 열 개를 이용하여 머리를 박박 문지르다 그마저 귀찮으면 딱딱한 솔을 이용하여 북북 문지른다. 기름때 낀 냄비가 된 것 같아 기분이 좀 좋지는 않지만 아이러니하게도 시원한 맛은 있다.

반면에, 미용실은 손님이 갑이 되고, 미용사가 을이 되는 자세다. 머리를 뒤로 젖히고 의자에 편안하게 눕는 자세를 취한다. 요령이 부족한 탓일 수 있으나, 나는 미용실의 이 자세가 너무 힘들다. 자세로 보면 뒤로 눕는 자세가 편할 것 같지만, 그 자세는 목에 힘을 주고 버텨주어야 한다. 머리 윗부분까지 대고 누워버리면 미용사가 머리를 감기는 데 어려움이 있으니, 뒷목 부위가 머리 감는 도구의 끝 부분에 걸리게 누워야 하는데 그 부위에 뒷목을 걸쳐 머리 감기가 끝날 때까지 버티는 시간이 무척 고되다. 염색이라도 한 날이면 시간이 더 걸리니 머리 감기가 끝나면 혈압이 없어도 뒷목을 잡게 된다. 가끔 머리 감기가 끝난 후 뒷목을 마사지해주는 분이 있을 때는 나의 머리 감기 고행을 알아주심에 감사를 드린다.

4.

이발소를 선택하면 하지 않을 고민과 고행을 이리 감수하면서도 미용실을 택하는 나를 보면, 중년의 나이에도 나름대로의 멋을 포기하지 않는 열정이 대견하기도, 짠하기도 하다. 거의 대부분의 이발소 벽에서 '삶이 그대를 속일지라도 슬퍼하거나 노여워하지 말라'던 푸시킨, 이발사와 그 공간의 역사를 함께한 '바리깡', 손가락 두 개에 끼워 현란하게 '시아개'(마무리)를 하던 이발사의 가위질, 얼굴에 떡칠해지는 면도비누거품의 묘한 향, 그들이, 그리고 얼굴면도가 그립기는 하지만, 시대의 변화에 따라 내 외양의 취향도 변하였으니 나의 젊음이 아직 진행 중임에 제법 기분은 고무되기도 한다.

나이 든 중년도 이런저런 사소한 멋에 고민을 한다. 주책이라 질책하면, 굳이 용기를 내어 미용실을 찾는 중년이 서운하고 억울하다.

딱! 한잔만 더 할까?

1.

한잔 먹세 그려, 또 한잔 먹세 그려

꽃 꺾어 세어가며 무진장 먹세 그려

청명에 죽으나 한식에 죽으나

버스 짐칸에 실려가나, 리무진에 실려가나

화장터 불꽃 위에 누우면,

누가 술이나 한잔 주겠는가?

그래도 이제 건강 생각해서 1차만 해야지

오늘만,

딱! 한잔만 더 할까?

2.

자정이 넘은 시각, "지나친 음주는 감사합니다"라는 문구가 음주체로 적힌 식당 앞에서, 일행과 헤어진 사내는 휴대폰에 저장된 번호를 찾기 시작했다.

사내는 혼미해진 기억과 둔감해진 손놀림 때문에 원하는 번호를 쉬이 검색하지 못했다. 비상시 매번 의뢰하던 번호였지만 평소 암기를 해두지 않았던 게 후회되었다. 둔감해질 대로 둔감해진 사내의 뇌리에도 언뜻 단축번호로 저장해둔 사실이 기억났다. 단축번호 '7'. 뒷자리 번호에 7이 네 개나 되어 선택한 단축번호였을 것이다. 다행히 한 번에 발신 신호음이 들렸다.

주변 건물 간판을 확인한 사내는 위치를 묻는 상대방에게 자신의 현재 위치와 목적지를 알리고 차량의 비상등을 켰다. 흐물거리는 몸을 차량 조수석에 힘겹게 밀어 넣고 사내는 눈을 감았다.

차문을 여닫는 소리에 뜨인 사내의 눈에 모자를 깊게 눌러쓴 채 사내의 차량을 운전해가는 낯선 남자의 옆모습이 보였다.

'꽤나 잘 생겼네.'

한마디 하려던 사내는 입을 벌리기도 힘들어 다시 눈을 감아버렸다.

시내를 벗어난 차량은 어둠 속의 시골길을 신호등의 저항 없이 달리기 시작했다. 약간 열어둔 창문으로 들판의 바람들이 밀려들었다.

'시원하구나.'

밀려든 바람이 열이 오를 대로 오른 사내의 얼굴을 식혀주고 있었다.

20여 분을 달려 한적한 시골마을 입구에 들어선 차량은 잠시 멈추어 섰고, 모자의 운전자는 뒤돌아 사내를 쳐다보았다. 힘겹게 몸을 일으킨 사내는 아무 말 없이 입구에 자리한 공터를 가리켰다. 바퀴가 자갈을 욱여대는 소리도 잠시, 차량은 어둠이 자리한 공터 가장자리에 조용히 주차되었다.

가벼운 목례로 인사를 대신한 모자의 운전자는 뒤따라온 차량을 타고 곧바로 돌아가고, 사라져가는 차량의 불빛을 일견한 사내는 비틀대는 걸음으로 터벅거리며 목적지를 향했다. 최대한 똑바로 걷고자 하는 사내의 의지와 다르게 몸은 제 맘대로 흔들거렸다.

힘겹게 도착한 목적지 주택의 문은 굳게 닫혀 사내의 출입을 막았다. 사내는 익숙한 듯 허리를 굽혀 출입문의 아래쪽으로 손을 밀어 넣었다. 사내의 손동작이 몇 번 있은 후 문은 스르르 그 힘을 풀었다. 자신이 빠져나갈 정도의 사이만 벌려낸 문 사이를 통해 사내는 안으로 들어서고 다시 아래쪽의 출입문 고정쇠를 내렸다.

내려가는 고정쇠 소리가 집 안을 울렸으나 안에서는 아무런 인기척이 없었다. 거실 창문 사이로 번쩍거리는 티브이 화면의 불빛이 잠들지 않은 사람이 있음을 알려주고 있었으나 사람이 움직이는 기척은 여전히 느껴지지 않았다. 집 마당을 한번 둘러본 사내는 현관 앞으로 다가가 힘겹게 번호키 덮개를 위로 올리고 비밀번호를 눌렀다.

'삑~'

번호키는 자신과 약속한 숫자가 아니라는 신호를 사내의 신경을 거슬리게 울렸다. 쯔즛 혀를 찬 사내는 다시 한번 네 자리를 눌렀다.

'삑~'

또다시 번호키는 사내의 출입을 거부했다. 짜증스러운 손놀림으로 몇 번을 시도하던 사내는 더이상의 시도를 포기하려다 전자키가 차키 뭉치에 달려 있음을 생각해냈다.

'또로롱!'

경쾌한 소리와 함께 출입이 허가되었다. 조심스레 문을 열고 들어선 순간 '팍!' 천장에 달린 센서 등이 작동되고, 안에서 날선 여자의 목소리가 들려왔다.

"적당히 마시고 다니시지?"

그 서슬에 움찔한 사내는 엄마에게 혼난 초딩 아이처럼 조용히 자신의 방에 들어가 흐물거리는 몸을 천천히 침대에 뉘었다.

'1차만 하고 들어올 걸~'

'지나친 음주는 감사하다'는 식당의 문구를 원망하며 사내는 깊은 잠에 빠져들었다.

3.

이거 딱 난데? 하는 사람들이 많을지도 모르겠다. '딱 한잔만 더' 가 12시를 넘긴다. 대리운전 회사에 꼬박꼬박 월정액을 납부하고, 아내가 무서워서 몰래 현관문을 열고, 열두 시가 넘도록 잠들지 않았던 아내의 서슬에 소스라치게 놀란다.

다음 날 아침, 과했던 술에 머리를 긁적이고, 머리통은 딱따구리가 쪼아대고, 목은 한 달 가물었던 대지처럼 쩍쩍 대고, 거실에 나가면 딱따구리와 아내가 합동으로 쪼아댈 것이고, 죄 없는 친구 탓에 우정은 이미 안드로메다에 갔다. '그놈이 딱 한잔만 더 소리만 안 했어도.' 실상은 내가 했는지 친구가 했는지 대질조사가 필요하지만 친구가 했어야 내 맘이 편하다.

출근은 해야겠고, 술 냄새가 천리향일 지경이라 운전은 안 되겠고, 아침부터 대리운전은 어불성설이고, 천상 택시뿐인데, 시내까지 택시비가…….

이 나이면 적당히, 적절히, '지나친 음주는 감사하다'는 주인장에게 '지나친 친절은 사양한다' 하고. 이제 음주의 총량도 다 찼을 것도 같으니 젠틀한 중년의 멋을 지키며 사는 게 좋을 텐데. 그 놈의 술.

4장

그래도 재밌는
일상들은 있다

일상은 항상 그것들에서 머문다.
또 다른 뭔가를 찾으나 그것이 그것이다.
일상이 지루함은 온전히 내 탓에 있다.
지루함을 벗으려면 춤이라도 춰야 한다.
그리해야 나에게 덜 미안하다.
다를 것 없이 매우 평범하지만
나름 특별한 일상들이 가끔은 있으니
그 또한 평범함의 하나일 뿐이다.

골프, 백돌이의 불만

1.

중년들도 게임을 한다. 그 게임 중 하나가 골프다. 스포츠를 게임이라고 명명하면 불만인 사람들이 있을 수 있으나, 내 기준으로는 게임이니 어쩔 수 없다.

요즘 중년의 나이 정도 되는 사람 중 골프를 치지 않는 사람이 없을 정도로 골프 인구가 많다. TV에서도 골프 치는 방송이 시청률이 높다 보니 여기저기 골프를 소재로 하는 프로그램들이 많다.

골프 초보자나 타수를 줄이지 못하는 실력의 아마추어 골퍼를 '백돌이'라고 한다. 매번 100개 타수 이하로 내리지 못하는 사람을 칭하는 말이다. 이 말대로라면 나는 백돌이지만 백돌이라 하기에도 백돌이에게 미안한 정도다. 골프를 시작하긴 했지만 한 발만 걸친 격이지 골프를 친다고 말하기도 애매하다는 말이다. 술 반잔만 마셔도 취하는 이가 술 마실 줄 안다고 하는 것과 모호함이 같다.

내가 골프라는 걸 시작한 건 그래도 꽤 오래전이다. 홍주성의 고장인 충남 홍성에서 잠깐의 임직을 할 때니 벌써 18년여가 지났다. 18년의 시간이면 서당개도 『천자문』이 아니라 『명심보감』을 뗄 나이지만, 나는 아직도 풍월 읊는 정도다. 핑계는 많지만 그중에 주요인은 게을러서다. 소질이라도 있었으면 그 재미로라도 했을라나. 아무래도 골프에 소질은 없다. 소질이 없으니 공이 안 맞고, 공이 안 맞으니 재미를 못 붙인다. 그 조그만 골프공이 사람을 가지고 논다. 어느 땐 멀리 가고, 어느 땐 주저앉는다. 어느 땐 게걸음이더니 어느 때는 움직이지도 않는다. 내가 제 놈을 가지고 놀아야 하는데, 제 놈이 나를 가지고 논다. 생명이 없는 골프공과도 싸움이 되니, 생명이 있는 내가 참 한심하고 못났다. 옆 타석 젊은이의 공은 반듯하게 멀리만 나가니, 젊음이 핑계에 선두에 선다.

'10년만 젊었어도.'

10년 전에도 못쳤다. 10년 전이나 지금이나 변함이 없다. 골프공을 치는 이도, 골프공도, 골프채도 모두 변했지만 실력만 변함이 없다. 아무래도 소질만을 탓할 수밖에 없다. 소질은 부모님이 주셨겠으나 부모님은 골프가 아니라 게이트볼도 하신 적이 없으니 부모님을 탓할 수도 없다.

연습장에서만 두 대의 갈비뼈를 부러뜨렸다. 근육통이려니 한 달

이상을 방치하다 엑스레이를 찍었더니 하나는 부러졌다가 이미 다시 붙었고, 하나는 골절돼서 심히 아플 거라 했다. 안 되는 몸 실력을 억지로 늘리려 안간힘을 썼더니 여지없이 무리가 갔다.

"뭘 그리 그 나이에 죽자 살자 해요?"

이 나이쯤 되면 모든 비난과 질책에 '그 나이에'는 꼭 들어간다. 갈비뼈 골절을 통보하자 여지없는 아내의 질책이 있다. 골프 치다 부러진 갈비뼈 치료는 보험금도 100만 원씩이나 나온다는데 나는 그 비슷한 보험도 없으니 아내의 인상을 풀어줄 거리가 없다.

"죽자 살자는 아니고, 그냥 살리고자 한 거지, 골프공을. 근데 내가 죽게 생겼네."

또 그 핑계로 골프를 중단했다. 이런 핑계거리가 18년 동안 수차례 있었으니, 실상 골프채를 휘두른 시간은 채 5년도 안 될 거다.

—
2.

그래도 필드에 나가면 탁 트이고 널리 깔린 푸름에 기분은 꽤 좋아진다. 멀리까지 펼쳐진 잔디가 내 것인 양 뿌듯하다. 잔디 깔린 필드는 넓으나 부드럽고 완만하다. 둥그렇게 조성해놓은 언덕배기들이 날카로움이 없어 안정적이다. 위협이 없으니 두려움을 버리고 골프공을 잘 날려 그 넓은 잔디 가운데 살포시 얹어 놓으면 된다. 타석에 들어서서 대가리가 가장 큰 막대기로 조그만 공의 엉덩이를 힘껏 때리면, 비상하는 조그만 공이 제법 장쾌하다. 첫 홀만 1번이고, 나머지 홀은 매번 마지막으로 타석에 들어선다. 첫 홀은 백돌이에게 주는 서비스, 이후부터 얻은 타수 성적순이다. 골프에서까지 성적을 매기니 백돌이로서는 불만이지만, 다른 이들은 백돌이인 내가 있어서 안도가 되나보다. 평소에 없던 배려가 많다.

"오케이(컨시드)"

홀 근처 가까이 붙이면 다음 타를 치지 않아도 홀에 넣은 것으로 해준다는 아마추어들의 서비스 룰이다. 정식 용어로 '컨시드'라고 하는데 1미터까지가 '오케이'의 관습 룰이지만, 내게는 2미터까지도 '오케이'를 남발하며 배려심 폭발이다. 지들이 이긴다는 기분 나쁜 오만이다. 나는 그 오만 섞인 배려에 오기가 치민다. '오케이' 안 받겠다며 객기를 부리고 직접 넣겠다며 시도를 하는데 역시 들어가지 않으니, 실력이 부족함에 민망하고 짜증나고 서럽다.

인간이 흥미를 위해 만든 게임에도 이렇게 감정이 소요되고 심력이 낭비되니, 이제 이런 원시적인 게임 '안 하련다'고 다짐한다. 다 큰 성인들이 반나절 게임 하면서 수십만 원의 비용을 들이다니, 아이들이 반나절 게임에 수십만 원을 들인다면 지구가 무너진 것처럼 경악할 사람들이. 이런 비효율적이고 가성비 최악인 운동을 누가 만들었는지. 이제 정말 골프와는 완전히 남이라며 백돌이는 필드를 나서며 굳게 다짐한다. 다만, 또 마음이 바뀌면 할 수도 있고. 애끓은 사랑도 한순간에 변하는데 골프 정도야.

3.

가만히, 그리고 묵묵히 앉아있는 하얗고 조그만 공을 대가리가 있는 막대기를 이용하여 힘껏 연달아 쳐내서, 저 멀리 뚫어놓은 홀이라는 구멍까지 가장 적은 횟수로 넣는 사람이 이기는 경기가 골프다. 이리 간단한 게임을 엄청난 크기의 푸르뎅뎅한 대지(66~100만 제곱미터나 된다고 한다) 위에서 꼴랑 네 명의 인간이 거드름의 자세로 천천히 걸어가며 하는 것인데, 이게 선수가 되면 그렇게 돈벌이가 되는 움직임이나, 선수가 아니면 솔찬히 돈을 써야 하는 움직임이니 입문에 주의를 요한다.

거대한 들판 또는 야트막한 산을 깎거나, 트인 바다를 볼 수 있는 해변 근처의 대지를 뭉게, 다시 계곡, 연못, 동산 등을 인공적으로 조성하는데, 게임 하나 하고자 무너지는 산과 뭉개지는 들판이 보기에 안쓰럽다.

거기에 다시 목책이나 말뚝을 막아 경계를 만들고, 그 밖에 나가면 OB라고 하여 다시 치게 하거나 타수를 올리는 것이 매정하고도 정겹지 못하다.

18개의 구멍을 뚫어놓고 그 구멍에 도착하기 위해 번갈아가며 한 번씩 치는데, 남이 칠 때 소리를 내면 무례하다고 핀잔하니, 그 규칙이 또한 매정하고 그 핀잔이 서운하게 차갑다.

다음 홀에서는 성적 좋은 이가 먼저 치고, 나쁜 이가 제일 마지막에 치니 그 정 없는 룰이 때로는 서럽다.

힘이 부족한 이는 적게 나갈 테고, 힘이 센 이는 멀리 가는 게 당연한 이치인데 힘없는 이와 힘센 이의 구분이 전혀 없으니 그 또한 무정하다.

11센티미터도 되지 않는 조그만 구멍에 기를 쓰고 공을 넣으려 하니 그 좀스럽고 유치함이 어릴 적 구슬치기에 다름이 없다.

그래도 못 치는 사람에게 핸디캡이라고 하여 잘하는 이가 못하는 이에게 얼마간의 배려를 해주니, 그나마의 온정이 위안은 된다.

7~8킬로의 거리를 걸어서 돌면 운동 효과도 제법 있으니 효용성에 점수를 약간은 주겠다. 심판은 따로 없어 스스로 채점하니 서로를 믿고자 하는 룰은 나쁘지 않은 점이다. 이는 골프에 소질이 없는 '백돌이'의 박한 평가이니 골프를 좋아하고 빠져 있는 이는 박한 평

가에 서운해할 필요는 없다. 골프 잘 치는 이, 골프 용어로 '언더'를 치는 이로 바뀌면 아마 평가 또한 후해지겠으나 가능성이 많지는 않으니 기대하지는 말라.

잘 치든 못 치든 이 운동으로 스트레스를 해소하고 즐거움을 얻으면 그로서 족하니 중년의 나이에게 골프는 이제 일상이 되어가고 있다.

당구, 그 추억의 게임

1.

시몬, 담배연기 자욱한 당구장으로 가자.

당구들 가득한 황금당구장으로 가자.

시몬, 너는 좋으냐? 당구알 구르는 소리가

당구공은 하얗고, 모양은 둥글다.

초크는 버림받아 당구대 위에 흩어져 있다.

시몬, 너는 좋으냐? 당구알 닦는 소리가.

해질 무렵 당구장은 우리를 유혹한다

당구공은 키스 소리와 여자의 옷자락 소리를 낸다.

2.

중년이 많이 하는 게임 중 또 하나가 당구인데, 이 게임 또한 솔찬히 매력 있고 재밌다.

내가 대학을 다니던 시절, 당구에 빠진 대학생들이 많았다. 80년대 초반 꼴같잖게 시를 읊고 통기타를 치던 시절이었으니 구르몽의 「낙엽」을 개시하여 장난삼아 읊곤 했다. 장난삼아 했어도 시로 만들어 읊곤 했으니 가상하게 낭만은 있는 시절이었나보다.

"여기 흰 공 오른쪽에 '히네루'를 주고, 저기 빨간 공 왼쪽을 약간만 맞춰."

"흰 공 아래쪽을 찍는다 생각하고 '히끼'로 사정없이 빨아부러."

지금은 일본말을 사용하지 않지만, 그때는 당구용어가 모두 일본말이었다. '히네루', '히끼', '맛세이', '오마시', '우라마시' 등 모두가 일본어였다. '비껴치기', '끌어치기', '찍어치기', '되돌려치기'라는 뜻이다. 당시에는 일본어라는 인식보다는 당구 치는 방법의 용어로만 인식했으니 특별한 인식도 없이 사용을 했다.

인기가 많은 소일거리였으니 그 시절은 당구장이 성업을 이루었다. 대학교 앞이나 근처에 한 집 걸러 당구장이었으니 당구 인구가 어느 정도였는지 짐작할 수 있다. 당구 실력 200점 이상이면 논 몇 마지기 날렸겠다는 농담을 할 정도로 당구에 빠진 대학생들도 많았다. 대학 그만두고 당구장 하겠다는 놈들도 많았는데, 정말 당구장을 하다가 망한 놈도 있었다. 대학생이 당구장을 하다니.

고등학교를 졸업하고 대학에 입학하여 당구를 처음 배웠을 때, 사각으로 생긴 것은 다 당구대로 보였다. 누우면 천장도 당구대로 보였다. 그 사각의 천장 위에 당구공을 올려두고 이리 치고 저리 치고, 당구공을 움직이며 그 각을 쟀다. 상상으로 연습한 다음 날 빨리 당구장을 가고 싶어 수업을 자주 빼먹었다. 한동안은 아침부터 학교 앞 당구장으로 등교를 했다. 그때의 당구는 마약이었다. 당구 중독에서 빠져 나온 것은 어느 정도 실력이 붙은 이후였다. 이 정도면 되었다 싶었는지 나는 당구중독에서 빠져나왔다. 그만큼 당구는 재밌는 스포츠다. 스포츠라 하기에는 운동량이 적지만, 요즘은 스포츠로 인식하고 있는 추세로 보인다.

당구 이야기를 하는 이유는 요즘 중년들이 당구장으로 많이 모인다는 기사를 봐서다. 나도 가끔 직원들과 저녁을 먹은 후 당구장에 간다. 예전 당구장은 담배연기가 거의 오소리굴 수준이었지만 요즘은 금연구역인지라 아주 쾌적하다.

빈둥지증후군에 시달리는 중년들이나 은퇴자들이 당구장을 많이 찾는다고 하니, 아마 중년의 나이들은 추억이 서린 곳이라서 그럴 게다. 옛날을 배경으로 하는 영화를 보면 당구장 신이 많다. 동네 건달들이 당구장에서 진을 치고 있고, 주인공이 당구장을 찾아가 동네 건달을 쥐어 패는 장면들이 심심찮게 들어가 있다. 짜장면을 시켜먹거나 여자친구를 대동하여 당구치는 모습을 보여주는 장면들도 꽤 있었다. 실제로 여자친구를 데려오는 학생들도 자주 있었다.

　당구장에 오는 여학생은 대부분 예뻤다. 사실 자랑하러 데리고 오는 여자친구였기에 자신이 예쁘다고 생각하지 않으면 안 데려왔을 것이니 당구장에 따라온 여학생은 예쁠 수밖에 없었겠다. 나는 당구장에 데리고 갈 여자친구가 없었기에 친구를 따라온 여학생을 흘깃거리는 재미도 쏠쏠하긴 했다. 그때는 당구장을 찾는 이들은 거의 담배를 피웠다. 주인이 재떨이를 두 번씩이나 비워줘야 할 정도로 많이도 피워댔다. 담배냄새가 온 옷에 찌들어 아무리 털어도 집 옷걸이에 옷을 걸 때까지 냄새가 났다. 지금은 담배를 피우는 당구장은 찾아보기 힘들다. 가끔 중간에 흡연공간을 마련해두고 그곳에서 담배를 피우도록 하는 곳도 있지만 거의 대부분 흡연장소 자체가 없다.

3.

당구는 당구대라는 한정된 공간 안에서 상아로 된 공을 큐대라는 막대로 쳐서 다른 공을 맞추는 게임이다. 거리가 가깝고, 공이 커서 맞추는 게 쉬울 것 같아 보이지만, 그렇게 쉽게 되는 게임은 아니다. 치는 힘, 각도, 스핀의 조절 등 매우 수학적인 게임이다.

중년남자들이 치는 대부분의 당구는 4구와 3구이다. 4구는 하얀 공, 노란 공, 빨간 공 두 개로 경기를 하는데, 하얀 공과 노란 공이 먼저 치는 공이다. 두 개 중 하나가 자신의 공이 되어 그 공만을 먼저 쳐야 한다. 내가 하얀 공을 선택했다면 상대방은 노란 공을 선택하는 것이다. 하얀 공을 먼저 쳐서 빨간 공 두 개를 맞추면 10점이다. 당구대 옆에 설치된 주판알처럼 생긴 점수판의 알 하나를 왼쪽으로 넘겨두면 된다. 빨간 공 2개를 맞추지 못하면 상대방에게 공격권이 넘어간다. 빨간 공을 하나도 맞추지 못하거나 상대방의 공을 건드리게 되면 벌점 10점이 된다. 쳐야 할 주판알 한 개가 늘어나는 것이다.

당구공이 맞추어야 할 빨간 공에 가까스로 접근하면 지켜보는 모든 이가 몸을 쓰기 시작한다. 표정은 일그러지고, 몸은 공이 지나가는 방향으로 거의 쓰러질 지경이다. 그 몸 쓰기가 심한 사람은 "몸으로 치냐"며 핀잔을 듣는다.

공이 맞지 않고 지나가면 '빠졌다'고 표현하는데 공이 빠지면 공격한 이나 상대방이나 모두 "아~"라는 탄식이 나온다. 공격한 이는 아까워서, 상대방은 다행이라서 나오는 탄식이다. 그래서 당구는 매번 원하는 바가 서로 대척점에 서 있는 경기다. 한 사람은 성공을, 다른 한 사람은 실패를 바란다. 2제곱미터 가량의 같은 공간에서 성공과 실패를 서로 원하니 그 표정의 변화가 극명하다. 물론 포커페이스도 있다. 포커를 하는 것도 아니니 표정을 감출 필요가 없음에도 굳이 기쁨과 슬픔을 표현하지 않는 응큼족도 있다. 내가 그 응큼족 중에 하나다. 오해하지 말라. 나는 그냥 성격이다.

당구공이 당구대 밖으로 나가도 안 된다. 실력도 안 되는 이가 찍어 친다며 큐대를 세워 공 엉덩이 부분을 찍어대면 큐대는 당구대 바닥을 찍게 되고, 깜짝 놀란 공은 펄쩍 뛰어 당구대 밖으로 튀게 된다. 이때 당구대 바닥의 천이 찢어지고, 재수 없는 방향에 서 있다 이마를 맞아 찢어지는 경우가 있다. 찍으라 했더니 찢는 경우다. 그래서 주인장은 당구대 위에 "300 이하 맛세이 금지"라는 푯말을 달아놓곤 했다. '맛세이'는 찍어 치는 것을 표현한 일본어인데 요즈음 당구장에서 그 푯말을 보지 못했다.

공을 칠 때 두 발이 바닥에서 떨어져도 안 된다. 멀리 있는 공을 치면서 당구대 위에 올라가는 사람들이 있는데 그때 두 발을 바닥에서 떨어지게 해서는 안 된다는 것이다. 키가 큰 사람들은 허리가 굽히면 이 끝에서 저 끝까지 큐대가 닿지만 작은 사람은 그게 어렵다. 당구대 위에 달라붙어 한쪽 가랑이를 당구대 위에 척 올리고 올라타는데 그 꼴이 여간 사납다. 꼭 그 위치 그 방향에서 쳐야 하는 경우에 생기는 것인데 그때 두 발이 떨어지면 안 되니 하는 행동이다. 안 되는 것은 그냥 한번 포기하면 된다.

주판알 20개를 다 치게 되면 마무리라고 하여 쓰리쿠션을 쳐야 한다. 20개의 주판알을 놓고 쳤을 때 알다마 18개를 치면 상대방이 "쌍대 남았습니다"라고 외쳐준다. 두 개만 더 치면 된다는 것이다. 19개를 치면, "돛대 남았습니다"라고 외쳐주게 되고, 그마저 다 치면 "쿠션입니다"를 외쳐서 쓰리쿠션을 치게 된다. '두 개 남았다', '한 개 남았다'고 하면 될 것은 그때는 꼭 '쌍대, 돛대'를 외쳤다. 지금 젊은이들이 아직도 이 말을 쓰는지 모르겠지만, 중년의 남자들은 이 용어들을 기억할 것이다. 쓰리쿠션은 당구대를 세 번 맞추고 공을 맞추어야 하는 당구 규칙이다. 쓰리쿠션을 치기 전에 치는 20개를 '알다마'라고 했는데 알다마 20개를 상대방보다 늦게 쳐도 쓰리쿠션을 먼저 성공하게 되면 이기게 된다. 쓰리쿠션을 누가 먼저 치느냐가 관건인 것이다. 그래서 상대방이 쓰리쿠션을 치지 못하도록 치는 각도에 공을 보내서 일부러 막는 경우도 있다. 반칙이 아니다. 게임의 요령이다.

3구를 칠 때는 거의 돈을 건다. 3구는 쓰리쿠션만을 치는 것인데, 하나를 성공하는 데 천 원 정도로 정하여 성공한 개수만큼의 돈을 따게 되는 것이다. 천 원을 거는 게임은 많은 돈이 오가지 않는다. 내가 먼저 성공하여 돈을 따도, 상대방도 다시 또 성공하게 되기 때문에 왔다갔다 하다가 결국 따는 사람은 일이천 원 정도다. 재미로 하는 거다.

대학시절 친구들을 만나면 거의 대부분 당구장을 들렀다. 한 게임을 하고 나서야 음악다방을 가거나 막걸리 집으로 향했다. 주인이 서비스로 내주는 과일맛 음료인 '쿨피스'도 당구장에서만 마시는 묘미의 음료였다. 쿨피스를 일부러 사 먹는 경우는 많지 않아서 당구장에 가면 쿨피스 한 통을 거의 다 마셨다. 점심시간에는 짜장면 내기를 많이 했다. 네 명이 당구장에 가면 2대 2로 게임을 하는데 진 팀이 당구비도 내고, 짜장면도 사야 했으니 재미로 하는 게임이었지만 그 당시 쓰던 말로 '피 튀기는 게임'이었다.

그러다 보니 당구 치다 싸움까지는 아니더라도 서로 다투는 경우가 많았다. '맞았다', '맞지 않았다'고 서로 주장하다가 감정이 상하기도 하고, 큐대를 던져버리고 나가는 친구도 가끔 있었다. 나는 보지 못했지만 지금은 카메라가 설치되어 직전의 장면이 그대로 녹

화가 된다고 하니, 이제는 서로 우기며 다투는 일은 없을 것 같다. 영상을 집에 가서도 볼 수 있는 휴대폰 어플이 개발되어 있다고 하니 세월이 참 많이 변했다.

4.

지금은 당구장이 어린아이부터 할아버지까지 가족이 갈 수 있는 곳이 되었지만, 나 대학시절의 당구장은 성인만 입장이 가능했다. 대학 신입생 시절에 나는 학생증 없이는 들어가지 못했다. 고등학교를 갓 졸업했고, 너무 어려 보이는 얼굴이어서 당구장 주인으로부터 매번 학생증 검사를 받았다. 학생증이 없을 때는 다른 친구의 보증을 받아야 들어갈 수 있었다. 당구장 안에서 담배를 피우고, 짜장면을 먹으면서 술을 같이 시켜먹는 문화가 있다 보니 아마 성인만 입장하는 곳으로 규정했던 것으로 보인다. 지금은 어린아이들도 나비넥타이를 차고 멋지게 당구 묘기를 보이는 모습의 영상을 볼 수 있으니 가족이 즐길 수 있는 게임으로 변한 것 같다. 당구는 집중력이 필요하고, 공략 방법의 수가 여러 가지이므로 머리를 써야 한다. 나이든 노인들에게는 치매 예방도 되고 어린이들에게는 집중력 향상에 도움이 된다고 하니 내게는 추억의 당구지만 지금의 아이들에게는 재밌는 게임이 되고 있다.

20대 대학시절에 쳤던 당구가 이제 중년남자들의 소일거리가 되었다고 하니, 세상은 돌고 도는 게 맞나보다. 오늘은 친구들과 당구나 한 게임 해야겠다. 알다마가 아닌 쓰리쿠션으로.

임영웅, 보랏빛 엽서

1.

TV조선이 트롯계에 큰일을 했다. 요즘의 노래 트렌드는 트로트가 대세다. 여기저기 방송들이 트로트를 내보내고, 노래를 꿈꾸는 가수들이 트로트를 선택하고 있다. 〈미스트롯〉과 〈미스터트롯〉이 그 트롯 방송의 중심에 있는데, 이른바 뜬 가수 중에 으뜸이 임영웅이다.

"임영웅이 부르면 〈산토끼〉도 애절하다."

아내가 매번 하는 말이다. 조용필 이후에 아내가 좋아하는 가수가 임영웅인데, 거실에 나가보면 〈미스터트롯〉을 수십 번 돌려보고, 임영웅이 나오는 장면은 다시 또 되돌린다. 아내에게 임영웅은 이제 신이 되었다. 임영웅에 대한 약간의 비난도 신성모독이다. 김희재가 노래를 더 잘하는 것 같다는 한마디에 발끈하며 반박한다. 임영웅이 광고를 찍게 되면 제 일처럼 좋아한다. 휴대폰을 잘 보지 않던 여자가 임영웅 검색에 눈을 뗄 줄 모른다. 수요일부터 금요일까지 임영웅이 나오는 프로가 계속 있다며 세상 살맛나는 긍정녀가 되었다.

"요즘 포천의 달도 임영웅만 따라다닌대."

경기도 포천이 임영웅의 고향인가 보다. 임영웅이 요즘 대세임을 표하는 말로, 누가 했는지 표현을 참 잘했다. 아내가 틀어놓은 〈미스터트롯〉 때문에 임영웅의 노래를 수차례 들었는데, 노래의 음감이 내 귀에 분명하다. 가사가 분명하고 목소리가 분명하고, 그 리듬이 분명하다. 임영웅의 목소리는 맑다. 임영웅의 노래에는 반주가 오히려 거슬린다. 임영웅의 노래는 절제가 있다. 과하지도 부족하지도 않게 간이 적절히 배인 봄동 겉절이 같다. 다른 이의 감정을 움직인다는 어느 심사위원의 표현이 임영웅 노래 평에 매우 적절해 보인다.

"내 마음에 둥지를 틀었다"라는 노사연의 심사평도 임영웅을 좋아하는 아내를 보면 또 매우 적절하다. 아내의 마음에 임영웅의 노래가 이미 둥지를 틀고 있다. '영웅시대'라는 임영웅 팬 카페에 곧 가입할 태세인 아내는 임영웅에게 홍삼을 보내겠다고 했다가 내게 핀잔을 들었다. 나는 임영웅이 부르는 〈보랏빛 엽서〉를 좋아하고, 아내는 〈배신자〉를 좋아한다. "보랏빛엽서에"로 시작하는 첫머리에 벌써 마음이 울린다. 그 울림의 음감은 "서에" 부분이다. "서"에서 평온하고, "에"에서 치올랐다가 다시 내려오는데, 그 느낌이 부드럽고 애잔하다.

보라빛 엽서에 실려 온 향기는
당신의 눈물인가 이별의 마음인가.
한숨 속에 묻힌 사연 지워보려 해도
떠나버린 당신 마음 붙잡을 수 없네.

엽서에 실려온 향기가 당신의 눈물인지, 이별의 마음인지, 떠남을 감지한 눈물어린 연인의 감정을 그대로 전달한다. 임영웅 스스로가 가사 안의 화자가 된다. 화자가 울면 임영웅도 울고, 화자가 한숨 쉬면 임영웅도 한숨 쉰다. 노래하는 단막극의 주인공이다. 임영웅의 소리는 몸 자체가 악기다. 강해야 할 땐 팽팽하게 당기고, 부드러워야 할 땐 서서히 풀어준다. 조임과 풀어줌이 자유자재로 이루어지니 몸의 악기 소리가 경이롭다. 임영웅의 노래는 부담이 없다. 가만히 서서 별다른 움직임 없이 노래만으로 듣는 이를 감동시킨다. 객석에 있는 어떤 이는 눈물을 흘리고, 다른 이는 소리를 감추며 자지러진다. 옆자리 여성의 두 손은 가슴에 모아져 있고,

한순간도 놓치지 않고 싶어 하는 두 눈은 이미 몽상에 젖어 있다.

2.

임영웅은 트롯을 부르는 가수지만 아내는 트롯을 좋아하는 게 아니라 임영웅이 부르는 노래를 좋아한다. 트롯을 부르든, 발라드를 부르든 노래의 분야는 상관이 없다. 부르는 사람이 임영웅이기 때문에 빠져든다. 아내에게 임영웅은 하나의 장르가 되었다. 장르는 특징적이다. 특징이 모여 하나의 분야를 생성한 것이다. 가만히 서서 차분하게 부르는 특징, 맑은 소리를 내는 특징, 애절함과 감동을 주는 특징, 임영웅의 목소리만이 주는 안정적인 편안함, 이 특징의 조합에 아내는 친숙함을 느끼고, 임영웅에 빠져든다. 나는 아내가 가지고 있는 과거의 감정적 경험을 알지 못하지만, 아내의 과거 감정적 경험과 임영웅의 노래가 어느 부분에서 일치되는 주파수가 있을 것이다. 그 일치된 주파수에서 아내는 큰 만족감을 느끼고 그 느낌을 즐긴다. 이 임영웅이라는 하나의 장르를 언제까지 아내가 흥미를 느낄지는 모르나 당분간은 어떤 다른 영화의 장르보다 아내의 관심을 받을 것으로 보인다. 나는 임영웅이 고맙다. 임영웅의 노래와 아내의 감정 주파수가 일치하는 시간에 나는 자유롭다.

중년의 여자에게 몰입의 기쁨을, 중년의 남자에게 자유로운 해방을
주어 나는 임영웅이 고맙다. 나도 임영웅의 노래를 좋아한다. 그중
으뜸이 〈보랏빛 엽서〉다

술, 다섯 잔의 쓸모

1.

웅변이 그 힘을 잃으면

침묵이 역할을 대신할 수도 있는 법

침묵도 그 힘을 잃으면

술이 역할을 대신할 수도 있는 법

2.

말수가 적다는 이야기를 많이 듣는다. 나도 부정하지 않는다. 말은 가능한 한 내가 자리한 그곳의 상황, 또는 대화의 주제에 맞는, 필요한 말만 해야 한다는 생각이 거의 강박적이다. 상황에 맞지 않는 얼토당토않은 말을 꺼내거나, 말하고자 하는 요지는 이미 나에게 전달되었음에도 계속해서 반복적으로 사족을 만들어내는 사람을 싫어한다. 싫어한다고 해서 내가 어떤 행동을 취하지는 않는다. 사족이 끝날 때까지 말없이 듣는다. 싫다는 표현을 밖으로 꺼내어 그이의 미움을 받을 용기는 내겐 없다.

세상살이가 일정한 규칙으로만 흘러가지는 않듯이, 수다쟁이가 절실히 필요할 때도 있다. 정적이 흐를 때다. 셋이 모여, 셋 모두가 말주변이 젬병이면 그만한 고역도 없다. 물만 들이키자니 어색함이 너무 표난다. 와야 할 한 사람이 아직 오지 않았으니, 그이가 올 때까지 향만 피우면 절간이다. 누군가 날씨 이야기라도 꺼내주면 재빨리 응답하지만, 그러고는 또 침묵이다. '수다맨'이 그립다. 아무 말이나 꺼내서 침묵을 깨야 한다. 이때는 필요 없는 말이라도 소리가 나오는 게 지독한 침묵보다는 낫다. 조용한 적막이 싫어 TV를 켜놓는 것처럼.

수다맨을 기다리지 않아도 되는 간단한 처방이 있다. 술이다. 꼭 필요한 말만 해야 한다는 쓸데없는 강박증에 즉효다. 이런 강박증 치료 때문은 아니지만, 나는 술을 즐겨 마시는 편이다. 짐 캐리가 주인공인 〈마스크〉라는 영화가 있었다. 소심하고 어눌한 은행원인 짐 캐리가 특별한 가면을 쓰면 적극적이고 열정 넘치는 남자로 변신하는 스토리였다. 술은 나에겐 짐 캐리의 가면이다. 그렇다고 주사가 있다는 것은 아니니 오해가 없었으면 좋겠다. 술 마시기 전보다는 좀 더 업그레이드된 버전의 내가 나온다는 것이다. 물론 긍정적인 면을 말하고 있다. 좀 더 자신감 있고, 썰렁할지라도 유머를 시도하고, 대화에 스스로 끼어들고. 실실 웃기도 하고.

긍정적 변화라는 판단은 내 기준이다. 남이 보면 '오버'라 할지 장담은 못 한다. 술의 긍정효과는 적당히 마셨을 때다. 만인에게 적용되는 진리다. 과음이 주는 긍정효과는 없다. '지나친 음주는 감사하다'는 술집 주인 빼고는.

3.

술의 흥이 동하면 가끔 써먹는, 음주의 적정량에 대한 재미있는 정의가 있다. 만든 사람은 내가 아니다. 출처는 모르나, 어디서 봤거나 주워들은 것이다.

먼저, '일불一不, 삼소三小, 오의五宜, 칠과七過'다. 술 마시는 사람이 한 잔만 마시는 경우는 없고, 석 잔은 조금 적고, 다섯 잔이 가장 적당하며, 일곱 잔 이상은 과하다는 의미다. 술은 홀수로 마셔야 한다는 속설 때문에 두 잔, 넉 잔, 여섯 잔이 없는 일, 삼, 오, 칠로 말이 만들어졌지만, 아무튼 일곱 잔 이상, 즉 소주로는 2홉들이

한 병 이상은 과하다는 말이다. 사실 깨복쟁이 친구를 만나면 아직도 이 기준을 지키지 못하지만 가능한 한 절제하려 노력은 한다. 아무래도 그 이상의 주량은 몸이 이기지 못하기 때문이다.

외우고 다니는 술에 대한 정의가 하나 더 있다. (어디서 봤는지 기억이 없어 출처를 밝히지 못함을 이해하기 바란다.) '첫째 잔은 슬픔이 사라지고, 둘째 잔은 고통이 사라지며, 셋째 잔은 외로움이 사라지고, 넷째 잔은 침묵이 사라지며, 다섯 째 잔은 인내가 사라지고, 여섯째 잔은 기억이 사라지며, 일곱째 잔은 사람이 술을 마시는 것이 아니라 술이 사람을 마시게 되어 사람이 아닌 개가 되는 것이다'라는 내용이다. 과음하지 말라는 것이니 새겨야 하는 것은 맞다.

4.

아, 말하고자 했던 바는 과음에 대한 경고가 아니라 '술의 쓸모'이니, 그 쓸모에 대해서 한 가지 생각이 더 있다.

술은 어색한 침묵을 깨는 수단일뿐더러 잠들어 있는 뇌의 감성을 깨우는 수단이 되기도 한다는 내용이다. 작가나 작곡가, 작사가들이 언론과의 인터뷰에서 술을 약간 마시고 글을 쓰거나 작곡, 작사를 했을 때 좋은 글이나 작품이 나오기도 한다는 이야기를 들은 적이 있다. 이 말에 동의한다. 술기운이 약간 있을 때 감성이 충분히 표현되는 글이 나올 때도 있고 무척 적극적인 글이 나오기도 한다. 물론 다음 날 거의 대부분의 내용을 지우더라도 표현하고자 하는 감성의 기조는 꽤 괜찮아서 살려두게 된다. 그렇다고 매번 그렇지는 않다. 아주 가끔 어느 경우, 어느 상황, 어느 특별한 하루에 경험한 적이 있다는 것이다. 과음과 너무 자주 마시는 것만 피하면 술도 가끔 제법 쓸모 있는 존재이기도 하다. 인생 뭐 있나? 한잔씩 하고 살아야지.

보일러도 나도 늙는다

내가 시골생활을 시작하면서 연장을 들고 직접 수리한 집의 물건이 보일러다. 보일러 기계가 아니라 보일러에서 각 방과 수도로 연결된 파이프 배관의 극히 일부를 수리했다는 거다. 집밖 마당에 있는 수도계량기를 거친 수돗물은 보일러를 거치고 각 방과 수도로 연결된 배관으로 이끌려 가는데, 보일러에서 갓 나온 물이 가장 가까운 배관에 주는 충격과 압력은 그 중압이 매우 크다. 주방의 수도와 화장실의 세면기나 샤워기의 갑작스러운 개방이 잠잠히 있던 댐을 열듯 터지고, 잠자다 뛰쳐나온 수돗물의 물입자들은 먼저 밀고 나가려 서로를 밀치다 보니 병목현상으로 인하여 손가락 굵기밖에 되지 않은 파이프의 겉면을 터질 듯이 팽창시킨다. 젊은 시절의 파이프 배관은 그 압력을 끄떡없이 견뎌내지만 노후되고 약해진 배관의 겉껍질은 그 압력을 견뎌내지 못한다. 수돗물의 압력은 배관이 젊었던 시절의 압력과 동일하지만 세월이 흘러 풍화되고 삭은 늙은 파이프는 젊을 때의 압력을 견뎌내지 못한다. 견디고 견디던 배관은 실금이 가고, 그 실금의 파열은 수돗물의 중압을 도저히 이겨내지 못한다.

2.

인간과 사물의 늙음은, 노후와 약해짐에는 그 표현과 실질이 같다. 세월은 추상이지만, 풍화는 실질이므로 풍화의 영향을 받음에는 인간과 사물이 다름이 없다. 생명이 있는 인간도 늙고, 생명이 없는 사물도 늙는다. 생명과 무생명을 같은 급으로 표현함에 반감이 있을 수 있겠으나, 늙음이라는 본질에는 표현의 예의와 우월성이 별 의미가 없다.

사물의 하나인 보일러 배관도 세월의 풍화로 늙고 약해져 변함없는 자연인, 물의 압력을 견뎌내지 못한다. 물도 늙는다면 서로가 예의를 갖추겠으나 아쉽게도 물에는 늙음이 없다. 어제의 물은 이미 갔고 오늘은 물은 여기 있으나, 어제의 물과 오늘의 물이 그 풍화에 영향을 미치지 않으므로 물은 그 세월성이 없다. 흐르는 물은 과거도 미래도 없이 현재만 있을 뿐이니 흐르는 물의 세월성은 무

의미하다. 세월성이 없는 물은 약해짐도 없으니 풍화되는 보일러 배관이 세월성과 풍화가 없는 물을 견뎌낼 재간이 없다. 물은 자연이고 파이프는 인공이니 인공이 자연을 이길 도리가 없음은 당연하다. 물의 힘을 견뎌내지 못한 배관은 조금씩 그 버티던 힘을 잃고 일자로 실금이 가기 시작한다. 실금은 물의 압력을 막아낼 도리가 없으니 물은 그 실금을 뚫고 파이프를 파열시키는데, 그 파열된 틈을 통해 물은 '펑' 하고 개방되어 솟구친다.

3.

터져 나온 물은 보일러실 전체를 난장판으로 만든다. 보일러실 내에 수돗물 잠금장치가 있으면 빨리 대처할 수 있겠지만, 내 집의 수돗물 잠금장치는 바깥마당 한쪽 끝에 있는 수도계량기에 달려 있다. 수도계량기로 달려가는 그 짧은 시간 동안 보일러실은 이미 물바다가 된다. 아내는 발을 동동 구르고 나는 정신없이 물을 잠그고 들어오는데, 처참한 보일러실이 매우 난감하다. 배관은 이미 터졌고, 보일러실은 청소하면 되지만, 터진 배관을 수리해야 수도계량기의 잠금장치를 다시 풀고 수돗물을 쓸 수 있으니 이 대략 난감한 사고는 대처하기가 막연하다. 나에게 답이 없으면 사람을 불러야 한다. 별량면 전화번호부를 뒤져 보일러 수리공에게 사고 상황을 설명하고 출장 일시와 수리비용을 물었다. 어디가 문제인지를 아는지 모르는지 답하는 어투만으로는 신뢰가 안 가는데, 수리비는 빠르고 분명하게 25만 원을 달라고 한다.

'어디가 문제인지 안 보고 아나?'

전문가이니 설명만 들어도 대충 알겠지만, 아, 그 돈이면 막걸리가 도대체 몇 병인가. 보일러 몇 번 고장 나면 월급이 날아갈 판이다. 시골집 생활은 고장과 수리의 연속이니 그때마다 사람을 불러서는 돈 감당을 못한다. 돈 많은 사람이야 고민거리도 아니겠지만 나는 돈이 없으니 당연히 고민거리다. 누구는 돈이 많으면 돈이 드는 결정을 하는 데 고민을 하지 않아서 좋다고 하더만, 그런 의미에서 보면 나는 고민이 엄청 많다. 다행히 내가 손재주 있다는 소리는 들어왔으니, 돈을 들이지 않는 쪽으로 결론을 내렸다. 내가 보일러 배관을 직접 고치기로 했다는 이야기다.

4.

창고에 들어가 필요할 만한 연장을 챙겼다. 연장이라 해봐야 망치와 렌치뿐인데 무엇이, 어디가, 왜 잘못된 것인지 알 수가 없으니 괜한 연장만 들고 보일러실 앞에서 한참을 서 있었다. 연장을 챙기던 나를 기대 어린 눈으로 보던 아내는, 가만히 서 있는 나를 보고 다시 체념의 눈으로 바뀐다.

"사람 부르지?"

"기다려봐. 내가 해."

서로 말은 없었으나 눈으로 이미 대화는 끝냈다. 종이학 한 개를 접어도 설계와 계획이 필요한데 우리 집의 따뜻함을 책임지고, 귀뚜라미가 심혈을 기울여 만든 과학의 결정체인 보일러 수리에 심각한 고민은 당연한 법, 로댕뿐 아니라 나도 생각이 있는 동물이다. 잠시 수리계획을 설계한 나는 뒷마당으로 달려가 물을 아주 조금만 틀고 보일러실에 돌아왔다. 물이 새는 곳을 탐지하고자 하는 기특한 생각에서다. 어찌 그런 생각까지 했을꼬. 역시, 바닥 틈새로 조금씩 새나오는 물이 보인다. 사람은 머리를 써야 한다. 그 부위를 깨뜨리면 물이 새는 곳을 찾아낼 수 있을 거다. 머리로 시멘트를 깼다는 말이 아니다. 망치를 들고 물이 새어 나오는 곳으로 추정되는 시멘트 바닥을 사정없이 깨기 시작했다. 보일러 배관이 들어가는 곳의 시멘트 도포는 두껍게 처리하지는 않는다. 이런 상황이 일어날 것을 대비해서인지 시멘트 절약을 위해서였는지 모르지만, 망치로 몇 번 내리치지 않았는데 바로 엑셀파이프가 보인다. 파이프가 보이니 자신감이 업된다. 내가 보일러 수리 전문가가 된 기분이다. 드러난 파이프 양쪽으로 30센티미터 정도의 공간을 확보했다. 시멘트 잔해를 이리저리 걷어내자 파이프 사이로 물이 새어 나오는 지점이 발견된다. 찾았다, 요놈.

"당신, 마당에 나가서 계량기 다시 잠가!"

잔뜩 흥분된 나는 작전을 지시하는 지휘관이 되어 아내에게 명령했다. 파열된 곳을 발견했으니 이제 저기만 수리하면 되겠다는 자신감에 업되어 감히 아내에게 명령했다는 불손을 알아채지 못했다. 다행히 아내도 사안의 급박함 때문인지 고맙게도 나의 불손을 문제 삼지 않았다. 아내의 적극적인 협조로 물은 잠겼고, 나는 파열된 부분을 수건으로 닦아내고 그 부분을 손으로 잡았으나 다시 또 난관에 봉착했다. 저 부분을 잘라내고 새로운 파이프로 연결을 해야 할 것 같은데 어떤 부품이 있는지, 그 부품을 어디서 사는지 알 수 없으니 또 다시 고민이다. 전문가가 괜히 헛돈 받아먹는 거 아니네.

예전 궁금증은 '부리부리 박사님'이 해결해주셨지만, 요즘은 '네*버'에게 물어보면 모르는 게 없다. '보일러 파이프 파열 수리'라고만 타이핑하니 수리 방법이 쫙 뜬다. 네*버가 알려준 부품의 이름을 여러 번 외우고, 면소재지에 있는 철물점으로 향했다.

"어르신, 집에 보일러가 터졌는데요. 저기……."

"응."

어르신은 말을 다 듣지도 않고, 철물점 여기저기서 부품들을 가지고 나온다.

"날이 풀리니 여기저기 터지는구먼."

보일러 배관이 터진 집이 내집 뿐만이 아닌가 보다.

"시골에 온 지 얼마 안 되지? 시골에 살려면 그런 건 직접 다 고칠 줄 알아야 혀."

어르신은 파열된 파이프를 자르는 도구와 새 엑셀파이프 약간, 그리고 파손된 부분을 잘라내고 양쪽을 연결할 볼트와 너트 등 부품을 착착 챙겨주신다.

"파이프를 자를 때는 이걸 빤듯하게 놓고 잘라야 혀. 틀어지면 연결해도 물이 새."

내가 못 미더웠는지 연결할 방법까지 세세히 알려주신다.

"삼천 원."

"예? 그거밖에 안 해요?"

"뭐, 그럼 더 줄껴?"

5.

　부품을 다해도 총 비용이 삼천 원이다. 사람을 부르면 25만 원이라 했으니 내가 직접 이걸 고치게 되면 대박이다. 아내에게 큰소리치고, 합법적으로 막걸리 한 되 사달라고 할 수 있는 절호의 기회다. 철물점에서 구입한 부품을 챙겨든 나는 수술실에 들어가는 의사처럼 보일러실에 입장했고, 입장할 때의 자신감과는 달리 두 시간을 낑낑대고 그 30센티미터의 엑셀파이프를 연결할 수 있었다. 보일러는 다시 돌아갔고, 수돗물도 다시 흘렀다. 24만 7천 원을 아낀 공덕으로 나는 막걸리 한잔을 얻어먹었다. 그 막걸리는 내가 면소재지 마트에 다시 나가 사 온 것이지만, 아내의 칭찬과 김치전 안주가 더해졌으니 아내에게 얻어먹은 것이 맞다. 이후 나는 같은 방법으로 보일러를 세 번 더 고쳤으나 막걸리는 얻어먹지 못했다. 흘러가는 물은 세월성이 없으나 아내의 칭찬은 세월성이 다분하니 오늘의 칭찬은 오늘만 존재할 뿐 내일은 그 가능성이 없음을 알아채야 한다. 한 번은 특별하나 두 번은 그 특별성을 잃는다. 그게 인생이다. 지금 보일러는 잘 돌고 있고, 또 다시 잘 늙어가고 있다. 나처럼.

휴대폰, 이틀간의 이별기

1.

요즘은 가끔 뭘 잃어버린다. 젊었을 적에는 아무리 술에 취해도 우산 하나 잃어버린 적이 없던 나였는데, 나이를 먹었는지 가끔 뭘 잃어버린다. 최근에는 휴대폰을 잃어버렸다. 잃어버린 휴대폰이야 다시 장만하면 되었지만, 내가 휴대폰 중독증상이 있음을 절실히 느끼고 깜짝 놀랐다. 겨우 이틀 없었는데 그렇게 안절부절못할 줄이야.

내 휴대폰은 하루에 몇 번 울지 않는다. 진동으로 해놓기에 울고 싶어도 울지 못한다. 잘 떨지도 않는다. 가끔 스팸 때문에 떨기는 하지만. 잘 울지도 않고 떨지도 않으니 이놈이 너무 강한 놈인지 왕따인지 판단이 어렵지만 울지 않는 이놈을 탓할 생각도 때릴 생각도 없다. 때린다고 울 놈은 아니니 가끔은 그냥 저 멀리 혼자 있게 둔다. 그런데 이놈이 사고를 쳤다. 술 마시고 귀가한 날, 이놈이 택시에서 내리지 않았다. 난 택시 뒷좌석에 앉았고, 이놈은 내 바지 주머니에 있었을 텐데, 이놈이 내 허락도 없이 조용히 빠져나와 지 놈도 뒷좌석 내 옆에 앉았나 보다. 뒷좌석에 앉았다 해도 나를 따라 내렸으면 별 문제 없었을 것을, 나만 내리고 저는 내리지 않았으니 그게 문제였다. 하긴 휴대폰은 발이 없으니.

2.

휴대폰이 택시에서 내리지 않은 날, 그날이 주말이었다. 새 휴대 폰을 들인 날이 그다음 주 월요일이었으니 난 주말부터 월요일까지 이틀간 휴대폰과 떨어져 지냈다. 그 이틀 동안의 시간에 그 허전함 이 여친 군대 보낸 심정이었다. 항상 옆에 있는 그놈이 없으니 일이 손에 잡히지도 않았다. 내 주머니에 들어 앉아 있거나, 침대 머리 맡에 항상 뉘여 있던 놈이 보이지 않으니 나의 상실감이 보통이 아 니었다. 그놈은 나를 보고 싶어 하지 않겠으나 나는 그놈이 절실히 보고 싶었다. 주머니에 있을 때도 수시로 꺼내어 만지고, 책상 위, 식탁 위, 침대 위에서 쉬는 놈을 10분이 멀다 하고 만져댔는데, 불 끄고 자는 놈을 두드려 깨워서 네*버를 켜라, 누구에게 연락해라, 시간을 알려라, 날씨를 알려라, 별일이 없어도 괜히 만지고, 똥 싸는 화장실까지 데리고 가서 만지고, 귀찮고 더러워서 이놈이 택시에서 안 내렸는지도 모르겠다. 같이 타고 온 택시회사나 알 수 있으면 그놈이 있는지 물어나 보겠지만, 술 취한 인간이 어떤 회사 택시인지, 어떤 색인지, 번호가 몇 번인지 기억이나 하겠는가. 수십 번을 전화해봐도 받는 인간은 없고, 그놈은 스스로 전화를 받지 못하니 답답할 노릇이었다. 이번 기회에 가출한 휴대폰 찾기 기능으로 스스로 전화를 받아 위치를 알려주는 어플을 개발하면 대박이겠다는 기발한 생각까지 했으니 그나마 소득이라면 소득일까.

3.

가출한 휴대폰이 내 휴대폰 한 놈일 리는 없을 터, 컴퓨터를 켜 '휴대폰 분실'을 타이핑했다.

"분실된 휴대폰 찾는 방법!"

딱 내가 필요한 문구가 나타났다. 누군가 저 방법으로 휴대폰을 찾았나보다. 빛의 속도로 클릭하여 내용을 읽었다.

'분실된 휴대폰 찾는 방법! 본인 폰 전화걸기에서 *#06#(별,샾, 영,육,샾)을 입력하면 IMEI화면 15자리 숫자가 나타납니다. 이 15자리 숫자가 내가 사용하고 있는 스마트폰 고유번호입니다. 그 숫자를 반드시 수첩에 메모해 두거나, 부부, 자녀, 형제간 서로 공유해 두면 안전합니다. 휴대폰 분실 시 각 통신사의 고객센터에 연락해서 고유번호를 불러주면 바로 위치 추적으로 찾을 수 있는 시스템입니다.'

아, 그놈이 가출하기 전에 미리 그놈의 고유번호를 적어놔야 했다는 것인데, 내가 그놈의 고유번호를 어찌 안다는 말인가. 내가 그놈 고유번호를 미리 수첩에 적어놓을 정도로 치밀한 성격이었으면 그놈이 사고 치게 가만히 두었겠는가. 다른 방법 또한 분실 전에 미리 조치를 해두어야 찾기가 가능한 것들이었으니 아무런 조치를 해두지 않은 내겐 필요 없는 것들이다. 택시기사님이 분명 그놈을 뒷좌석에서 발견했을 텐데, 왜 전화를 받지 않는가. 맞다. 내가 그놈을 울지 못하도록 진동으로 해두었으니 소리가 안 나겠구나. 울지 못하도록 해놓긴 했으나 부르르 떨기는 하니 뒷좌석에서 떨고 있는 놈을 발견하면 전화를 받을 텐데 왜 받지 않을까. 누구의 전화인지 몰라서 안 받나. 택시회사에 분실 폰으로 신고하고 말았을까. 왜 통신사에서는 분실 폰 찾는 기능에 대해 더 많은 방법을 강구해두지 않은 것인가. 특정번호를 입력하고 내 휴대폰으로 전화를 걸면 휴대폰 화면에, "이 휴대폰의 소유자입니다. 현재 이 폰이 가출하여 찾고 있는 중이니, 이 화면을 보고 계시는 분은 전화를 받아주

시거나, 가까운 경찰서 미아찾기센터에 연락을 주시기 바랍니다"
이렇게 뜨도록 해두면 휴대폰을 발견한 인간이 전화를 받아주거나
미아찾기센터에 신고를 해주지 않을까. 도대체 통신사는 이런 기능
도 개발하지 않고 뭐하고 있는 건가. (이런 비슷한 기능은 이미 다 있
었다. 사전에 필요한 조치가 있다는 것일 뿐.)

이번 주말에 이놈을 통해 연락해오기로 한 사람들이 있는데 그
연락을 받지 못하면 다음 주 일정을 알지 못하니 이 또한 큰일이고,
친구놈도 주말에 연락하기로 했는데 전화 안 받으면 난리를 할 텐
데, 친구놈 전화번호를 외우지도 못하고 총체적 난국이다. 아, 그
놈이 내 생활에서 이렇게 중요한 위치를 차지하고 있었나. 그러고
보니 그놈이 내 지나간 추억이 담긴 사진도 엄청 보관하고 있었는
데 몽땅 다 가지고 나갔으니.

4.

그놈이 가출한 이틀 동안 나는 잠을 쉽게 들지 못했다. 잠들기 전
에 항상 한 시간여를 그놈과 함께 뒹굴다 잠이 들었는데 그놈 없이
잠을 청하려니 잠이 오지 않았다. 월요일 출근도 걱정이었다. 매일
아침 이놈이 알람으로 깨워주면 일어나던 나였으니 이놈이 깨워주

지 않아 늦잠을 자게 되면 큰일이었다.

우여곡절 끝에 나는 그놈 휴대폰 없이 주말을 보내고, 월요일 아침 일찍 휴대폰 가출신고와 함께 새 휴대폰을 들였다. 이제 다시 새 휴대폰과 함께 잘 살아가고 있지만, 그놈이 가지고 간 추억(사진)과 연락처(전화번호)는 아직도 그리움으로 남아 있다. 이거 분명 휴대폰 중독일 건데.

사실 내가 휴대폰으로 전화를 받는 경우는 그리 많지 않다. 울리는 전화나 카톡 거리는 걸 확인해봐야 스팸전화이거나 광고문자다. 그럼에도 수시로 휴대폰을 쳐다보게 된다. 검색할 것도 없는데도 네이*를 누른다. 휴대폰이 없으면 불안하다. 잠깐 밖에 나가도 휴대폰을 챙긴다. 언론에서 말하는 휴대폰 중독이 확실하다. 이 중독을 치료할 약은 따로 없을까. 코로나 백신 먼저 개발하고 이 치료약도 개발이 되었으면.

내 아내는 '로또'

1.

당신의 아내는 당신에게 어떤 존재인가요.

제게 있어 제 아내는 로또복권입니다.

아, 당신의 아내는 당신에게 엄청난 행운이라는 것이네요.

맞는 게 하나도 없다는 것인데…….

2.

로또복권에 당첨되었다. 무려 1등! 52억! 이 갑작스러운 행운을
감당할 길이 없다. 손이 벌벌 떨리고 모든 피가 얼굴로 몰리고, 내

집 내 서재에서 휴대폰으로 당첨번호를 확인하고 있는데도 이 세상 모든 사람이 나를 지켜보고 있는 것 같다. 혹시 누군가 나 몰래 카메라를 설치한 것은 아닌지, 이 시간 이후 집밖을 나가면 누군가 나를 미행하는 것은 아닌지, 이 복권을 지갑에 넣고 나가면 이 지갑을 채가려 소매치기 일당 열 명이 대기하고 있는 것은 아닌지, 벽면 책장에 꽂혀 있는 수많은 저 책들마저 각각 의심스럽다.

이제 이 로또복권을 어떻게든 잘 숨겨 복권당첨금을 지급하는 서울 농협 본사까지 가야 한다. 여기서 서울까지 가려면 네 시간을 가야 하는데, 어디다 넣어서 갈까. 지갑에 넣어 가면 소매치기 위험이 있고, 복권만 따로 호주머니에 넣고 가다 찢어질 위험이 있다. 이 복권만을 담을 조그만 용기를 구해서 점퍼 안주머니에 넣어볼까. 그러다 점퍼 주머니가 터져서 밑으로 빠지게 되면? 생각만 해도 끔찍하다. 책 사이에 꽂아 책을 가방에 넣어갈까? 고속버스를 타고 가다 가방을 놓고 내리면? 아, 고속버스는 위험하니 기차를 타야겠다. 가방을 메고 가다 누군가 가방을 채가면? 가방은 아무래도 밖으로 드러나 있으니 위험하다. 점퍼 안주머니에 넣는 아까 방법이 제일 낫겠다. 왜 1등 당첨금은 본사까지 오라고 하는 거지? 각 지역에서 신분만 확인하고 계좌로 넣어주면 될 텐데, 서울까지 오라고 해서 이렇게 불안하게 하는 거야. 당첨금 수령하러 가면 본사 사람들에게 분명히 이 부분은 언급해서 짚고 넘어가야지.

3.

당첨금을 받아오면 우선 은행 대출금을 사그리 갚자. 나머지는 뭘 하지? 시내에 적당한 건물을 하나 사서 임대수입을 얻는 게 가장 효율적이고 돈을 날리지 않는 방법이겠지? 복권 당첨된 사람들 대부분이 불행해졌다는데, 아마 더 많은 욕심을 부렸거나 공돈 생겼다고 아무런 계획 없이 흥청망청 써서 그랬을 거다. 나는 그런 멍청한 짓을 하지 않을 거다. 나는 흥청망청 돈을 쓰는 스타일도 아니니 착실하게 건물 하나 사서 임대수입을 받자. 5층짜리 건물이 가장 적당할 것 같은데 시내에 5층짜리 건물이 얼마나 하지? 목 좋은 데 골라서 사야지 아무데나 샀다가 임대료도 안 나오면 낭패다. 건물도 건물이지만 우선 차를 한 대 사야겠다. 지금 타고 다니는 차가 오래됐으니 살 때가 됐다. 주변 사람들도 예전부터 차를 한 대 바꾸라고 했으니까 특별한 의심은 하지 않을 거다. 이제 나이도 있고 하니 꽤 비싼 차를 타도 누가 뭐라고 할 사람은 없을 테고, 요즘 비**는 탈이 많이 난다고 하여 벤*를 많이 산다고 하니까 나도 그걸로 생각해봐야겠는데 요즘 수요가 많아서 오래 기다려야 한다는데 좀 빨리 나오는 차 없을까?

　아, 이 1등 당첨 사실을 아내에게 말할까? 아내는 분명 고가의 아파트를 먼저 사자고 할 텐데, 고가의 아파트를 사고 나면 요즘 아파트 값이 너무 올라서 내가 쓸 돈이 없을 거다. 그리고 아내는 분명 자신이 이 돈을 보관하고 용돈을 충분히 주겠다고 할 것이다. 복권은 내가 사서 내가 당첨되었는데 아내가 인심을 쓰고, 나는 내 맘대로 쓰지 못하면 너무 억울할 것 같다. 복권 당첨 사실은 숨기고, 혼자 조용히 수령하여 조금씩 아내에 주는 게 낫겠다. 나 혼자 쓰겠다는 게 아니라 살아가면서 조금씩 아내에게 줄 테니 어차피 돈을 숨기는 것은 아니다. 나중에 아내에게 발각되면 이렇게 말하면 된다. 어차피 다 당신과 우리 가족이 쓸 거라고.

　부모님과 우리 형제들도 조금씩 주고 싶은데, 복권 당첨 사실은 굳이 말하고 싶지 않다. 복권 당첨이 행운이기는 하지만 그렇게 자랑스러운 일은 아니니까 굳이 말을 해서 졸부 소리를 듣기는 싫다. 어떤 좋은 방법이 없을까. 근데 얼마씩을 줘야 하지? 부모님과 형제들을 합치면 다섯 곳, 다섯이면 2억씩 준다 해도 10억이 나가는데, 아무리 공돈이라도 너무 많다. 1억씩만 줘도 감지덕지하겠지? 갑자기 1억씩을 준다고 하면 의심을 할 텐데, 어디서 그 많은 돈이 생겼냐며 다그칠 텐데, 그동안 몰래 비트코인을 샀었다고 할까? 요즘 비트코인 난리도 아니던데. 에이, 이래저래 핑계 대기 귀찮고 성가시니까 미안하지만 아예 입을 닫아버리고, 나중에 어려울 때 조금씩 도와주는 게 낫겠다.

아, 자식들. 애들 결혼할 때 집 한 채씩 마련해줘야 하는데 거기에 써야겠구나. 둘이니 똑같이 나눠줘야 할까, 서로 사는 데가 다르고 집값이 다르니 아파트 시세에 맞춰서 줘야 할까? 그런데 자식들에게 돈을 주려면 증여세를 몽땅 물어야 한다는데, 괜히 세금만 많이 내야 하는 거 아닌가? 아, 돈이 생겨도 머리 아프구나. 그냥 아내에게 주고 알아서 하라고 할까? 그럼 내가 쓰고 싶은 대로 쓸 수가 없는데…….

4.

아침 출근길에 아내를 내려주고 회사에 도착하기도 전에 아내의 전화를 받았다.

"여보, 대박, 24억이래!"

밑도 끝도 없이 24억이라니.

"무슨 말이야?"

아내가 근무하는 학교 앞 복권판매점에서 로또복권 1등 당첨자가 나왔다는 것이다. 출근길에 복권판매점에 걸린 플래카드를 보고 흥분하여 전화를 한 것이다. 본인이 그 복권을 사야 했는데 하는 말도 안 되는 소리를 해대며.

엉뚱하지만, 그날 저녁 나는 1등 복권이 당첨되는 가상을 해봤다. 가상만 해봐도 이 거액이라는 것이 부담이다. 당첨금 수령부터 그 돈을 어디에 써야 할 것인지까지 대책도 없고 내겐 어울리지 않는다. 나는 아무래도 그런 큰돈을 가질 배포는 없나보다. 부질없는 고민이지만 딱히 기분 좋은 고민은 아닌 듯하다. 돈이 생겼다는 기쁨보다는 고민과 걱정거리가 먼저이니 나는 그냥 이대로 만족하고 사는 게 나을 것 같다. 혹시나 당첨되면 그때 다시 생각해보기로 하고. 이 나이 먹어도 이런 가상이나 하고 있으니, 중년이라는 나이도 아직 철들 나이는 아닌가? 참 내 아내가 로또인데……. 맞는 게 하나도 없어서 탈이지.

니 맘대로 사세요

1.

최근 마당에 글램핑 텐트를 한 동 설치했다. 겉을 감싸는 커다란 타프가 있고, 그 안에 이너텐트가 하나 더 설치되어 있는 구조다. 이너텐트 내부는 5평 정도의 공간인데 건식난방을 깔아서 방처럼 꾸몄다. 하얀 천에 튼튼해 보이는 기둥과 기둥을 둘러싼 매듭의 모양이 내 맘에 쏙 든다. 집 안에 있던 책장과 책, 소파, 탁자 등을 텐트 안으로 옮기고 조명까지 설치하니 야외 서재 겸 글 쓰는 작업실이 되었다.

멀쩡한 집이 바로 앞에 있는데 웬 글램핑 텐트 하겠지만 그냥 집 안에 특별한 내 공간을 하나 만들고 싶었다.

묘하게도 50줄에 들어선 이후부터 뭔가를 하고 싶은 것들이 많아졌다. 젊어서는 귀찮다고 하지 않던 것들이 나이가 들고 오히려 더 벌이는 일들이 많아진다. 그렇다고 뭐 별 대단한 것이 아니라 소소

한 일들이다. 생각지도 않았던 바리스타, 커피감별사, 와인소믈리에 등의 자격증을 딴다든가, 이처럼 마당에 텐트를 치고 텐트에서 캠핑생활을 하고 싶어 하는 것들처럼 말이다.

"멀쩡한 집 두고 무슨 마당에 텐트를 쳐요?" 당연히 아내는 황당해했다.

"재밌잖아. 그리고 애들이 주말에 집에 와서 텐트에서 지내면 뭔가 새롭고 좋지 뭐"

"그럴 것 같으면 농막을 지으면 집처럼 따뜻하고 부엌, 화장실, 침실 다 설치해준다는데, 농막이 낫지 화장실도 없는 텐트를 설치하면 너무 불편하지 않나?"

"아니, 나는 농막보다는 글램핑 텐트가 더 맘에 들어. 조금 불편해도 낭만도 있고, 친구들 오면 고기도 구워 먹고 편하게 술도 한잔할 수 있고. 그리고 결정적으로 농막보다는 텐트가 돈이 덜 들어."

"친구 불러서 술 먹고 싶어서 그러는 거구만 뭐. 니 맘대로 하세요. 당신 인생 당신이 산다는데 뭐. 그 나이면 이제 하고 싶은 거 하고 살아야지."

확고한 내 강변에 한참을 나를 쳐다보던 아내는 고개를 끄덕이고 만다. 내심 아내도 딱히 반대를 하는 것은 아닌 듯하다. 요즘 같이 여행 가기 힘든 시기에 주말에 애들 오면 집 안보다는 더 색다르게 지낼 수도 있고, 지인들 오면 집 안에 들이기는 부담이지만 텐트에서 맞으면 아무래도 더 편할 것 같다는 의견도 내주는 것을 보면.

텐트 앞면에는 고기를 구울 수 있는 공간도 마련했고, 불멍을 때릴 수 있는 철통도 하나 가져다 두었다. (텐트를 설치한 후 불멍은 아내가 제일 좋아하는 놀이다.) 이래저래 내가 주말에 놀 만한 공간을 마련한 것이다.

지금 이 글도 텐트 안에서 쓰고 있다. 주말이면 이곳에서 음악을 듣고, 커피를 마시고, 낮잠을 즐긴다. 집 안에 내 방이 없는 것은 아니지만 나는 이렇게 따로 놀 수 있는 공간을 만들어 즐기고 싶었다. 중년의 나이지만 혼자만의 놀 수 있는 공간은 마음의 위안과 즐거움을 준다. 나는 딱히 욕심도 없는 편이다. 이 나이에 특별한 목표를 가질 생각도 없다. 그냥 하루하루 생각나는 것을 하며 그 시간을 성실하게 지내고 싶을 뿐이다.

2.

중년의 나이쯤 되면 이 세상에 존재하는 모든 것들은 결국 사라질 것이라는 것을 알게 된다. 본인 스스로도 언젠가는 마지막이 찾아올 것이라는 것도 부모의 죽음을 통해, 주변 지인들의 부고를 통해 알게 모르게 자각하게 된다. 그렇다. 인간은 길면 백년이라는 시간 내에 소멸하게 된다. 지금 가지고 있는 이 시간을 스스로가 즐기지 못하면 결국 찾아올 마지막이 억울해진다. 즐긴다는 것은 특별한 것이 아니라 지금 하고 싶은 것을 하는 것이다. 사람들의 인생은 거기서 거기다. 벤저민 버튼이 아닌 이상 나이들면 늙고, 병들고, 그러다 땅에 묻힌다. 하고 싶은 것을 지금 하지 않으면 내일은 없다. 내일은 내일 하고 싶은 것이 또 있을 것이다. 오늘 낮잠을 자고 싶으면 오늘 자고, 음악을 듣고 싶으면 지금 듣고, 책을 읽거나 글을 쓰고 싶으면 지금 써야 한다. 일상은 반복되지만 지금 하고 싶은 것을 실행함으로써 조그만 변화가 있다면 그 조그만 변화들이 결국은 큰 무언가를 만들어낸다. 삶과 죽음 중에 축복은 당연히 삶이다. 나는 살아 있고, 따라서 나는 축복을 받고 있다. 이 축복을 즐기고 놀자. "니 맘대로 사세요"라는 아내의 말처럼 이제 하고 싶은 것을 하고 즐기고 싶은 것을 즐길 나이가 되었다. 단, 스스로와 가족과 주변에 피해가 가지 않아야 하고, 어디서 그칠지 알아야 하는 중용의 마음은 잊지 말고.

  '이번 주에는 누구를 텐트에 초대하지?'

5장

책도 읽고,
고독도 씹고,
청바지도 입고

중년의 몸은 쇠(衰)하여지나,
중년의 정신은 성(晟)하여진다.
중년의 가치는 몸에 있지 않고 정신에 있다.
노화는 몸에 있지, 정신에 있지 않으니
중년이 자랑할 것은 몸이 아니라 정신이다.

모든 것을 가볍게 하자, 입만 빼고

1.

"나이도 있는데 이제 좋은 차로 바꿀 때 되지 않았나?"

내 차는 연식이 좀 되었다. 나름 좋은 차라고 샀던 게 몇 년 전인 것 같은데 벌써 구형이 되었다. 시골에 살면서 세차를 게을리 했더니 차가 더러워 보이고, 시골길에 다니니 여기저기 상처가 많다. 상처만 치료하고 목욕 좀 시키면 아직 충분히 괜찮아 보이고 더 오래 쓸 수 있으나 주변 지인들이 더 성화다.

"무슨 좋은 차, 시골 사는데 오히려 트럭을 한 대 사야지."

사실 나는 좋은 차보다는 1톤 용달트럭이 더 필요하다. 출퇴근할 때 타기에는 어색하겠지만 나무를 구입하거나 잔디 깎는 기계를 수리하러 갈 때는 트럭이 절실하기 때문이다. 승용차와 트럭, 두 대를 소유하기엔 경제적으로 부담스럽기에 승용차에게 트럭 역할을 시키고 있다. 꽃이나 나무는 승용차 트렁크에 꾸역꾸역 넣어 실어

나르고, 필요한 기계 수리는 출장수리나 지인 트럭을 이용한다.

"그래도 우리 나이면 괜찮은 승용차 하나 운전해봐야지. 더 늙으면 운전도 못하고, 차가 너무 작으면 폼도 안 나고, 은근히 무시하고 그래."

지인의 주장이다. 자동차 경주할 것도 아니고, 이 나이에 예쁜 여자 앞에서 "야! 타!" 할 것도 아닌데, 무슨 좋은 차 타령인가? 하지만, 필요성을 떠나 나도 한편으로는 좋은 차를 타고 싶은 마음이 있음은 부인하기 어렵다. 남의 집 금고의 돈이 내 집 금고로 합법적으로 이동한다면 모를까, 당분간은 어려운 일이겠지만.

중년 나이쯤 되면 좋은 차 타령하는 인간들이 꽤 많다. 요즘 엔간한 차 값이 몇 천만 원 이상이니, 좋은 차라면 일반 차 값의 거의 그 두 배가 된다. 중년의 나이가 말하는 좋은 차는 수입차를 말할 것이다. 벤* 또는 아우* 이나 비엠* 뭐 그런 것들 말이다. 더 좋은 차도 있겠지만 내가 아는 차 종류가 딱 이 수준이다. 어지간한 월급쟁이는 조금, 아니 많이 시도하기 어렵다. 이 나이에 차 한 대 맘대로 사지 못하니 중년의 내 성적이 참 한심하기도 하지만, 그래도 다행히 선천적으로 차에 관심이 많지 않으니 부모님께 감사드린다. 차에 관심이 많지 않은 유전자를 물려주셔서.

2.

당연한 이야기지만, 경승용차는 가볍고 대형승용차는 무겁다. 경승용차는 작고 대형승용차는 크다. 경승용차는 싸고 대형승용차는 비싸다. (경승용차, 대형승용차라고 쓰려니 운율이 안 맞아서 이후부터는 '작은 차', '큰 차'라고 칭한다. 승용차를 말하고자 하는 것인데 '대형차'를 대형트럭으로 오인할 것이 우려되어 하는 사설이다.)

차를 말함에 작은 차의 대명사인 '티*', 큰 차의 경우 '벤*'라고 하면 편하겠지만, 혹, 티*의 명예를 훼손할 우려가 있어 직접적인 표현은 삼가려 한다. 세월이 많이 흘렀으니 혹시 지금쯤은 티*도 자라서 커졌을지도 모르고.

작은 차는 돈이 없는 이가 타고, 큰 차는 돈이 많은 이가 탄다. 돈이 많은 이가 작은 차를 타는 경우도 물론 있지만, 내가 아는 대부분의 돈이 많은 이는 큰 차를 탄다. 반면에 돈 없는 이가 큰 차를 타는 경우는 의외로 많다. 허세의 발로다. 키나 몸집의 크기 구분 없이, 중년의 남자는 거의 큰 차를 선호한다. 월세를 살아도 큰 차를 선호하고, 임금을 못 주는 사장도 큰 차를 선호한다. 큰 차를 타야 안전하다는 이유를 대지만 실상 그 저변에는 허영심이 있다. 거래처에 갈 때도, 골프장에 갈 때도, 바람피우러 갈 때도 크고 비싼 차를 타고 가야 '오!' 한다는 거다. 차의 크기는 성공 여부의 잣대이거나 부의 척도로 작용한다.

중년은 성적이 매겨지는 시기다. 젊음을 얼마나 열심히 보냈는지에 대한 성적, 그 성적을 세상은 돈으로 매긴다. 돈의 크기가 곧 차의 크기이니 중년은 허세일망정 큰 차로 자신의 성적을 내세우고자 한다.

그러고 보면 중년의 성적은 그가 짊어져온 삶의 무게다. 삶의 하중을 감당하여 쌓이고 쌓인 무게, 그 무게의 중량만큼이 중년의 성적이다. 중년의 무게는 세월의 중첩이 준 노동의 고단함이다. 그 고단함을 감추고자 큰 차를 찾는다. 작은 차로는 쌓이고 쌓인 무게를 감추어낼 길이 없다. 감춤은 중년의 지혜다. 드러남으로써 가벼워 보일 자신의 성적을 큰 차의 무게 뒤로 숨겨둔다. 큰 차 뒤에 숨겨진 중년의 무게는 애잔하다. 숨겨두었을 그간의 노동이 슬프고 또한 대견하다.

3.

중년의 무게는 이제 부려놓아야 하는 자산이다. 나이든 부모와 성장한 자식에게 하나씩 넘겨줄 쌓아둔 채무와 애증이다. 부모에게는 돌려줄 채무, 자식에게는 물려줄 애증을 이제 하나씩 내려놓기

248

시작한다. 부모는 돌려받아 버리고, 자식은 물려받아 쌓는다. 자식도 이를 하나씩 쌓아서 그 자식에게 물려줄 것이다. 일부는 다시 부모인 중년에게 돌려주어 중년은 하나씩 소비해 버리고 갈 것이다.

중년의 무게는 자신이 쌓은 것이나, 자신의 것이 아니다. 부모에게 돌려줄 것이고, 자식에게 물려줄 것이다. 그 공백의 시간에 그 무게를 감당하고 보관할 것이다.

중년의 큰 차는 그 무게를 감당하고 보관할 창고다. 창고가 크면 무게도 크고, 창고가 적으면 그 무게도 적다. 감당할 무게나 물려줄 무게가 적으면 힘이 적게 들 것이고, 많으면 그 무게에 짓눌릴 것이다.

많이 채우면 무겁다. 적게 채우면 가볍다. 많이 물려주고 싶으면 많이 채워야 하고, 적게 물려주면 적게 채워도 된다.

중년의 무게는 비울수록 좋다. 차가 크면 차만 본다. 차가 적으면 사람도 보인다. 이래도 큰 차가 좋으면 큰 차를 사라. 차보다 나를 보이고 싶다면 작은 차를 사라. (근데 나도 큰 차를 타고 싶다. 무거워 죽을지라도.)

중년의 무게는 차의 무게도, 뱃살의 무게도, 지갑의 무게도 아니다. 중년이여! 모든 것을 가벼이 하라. 입만 빼고.

책도 좀 읽고, 사색도 좀 하고

1.

내 서재에는 꽤 많은 책이 꽂혀 있지만 그중 내용을 기억하는 책이 얼마나 될지에 대해서는 사실 자신이 없다. 나는 모든 책을 구입해서 읽고 있기에 책을 구입하는 데 한 달 평균 20만 원 이상의 비용을 들이고 있지만, 그 책을 완벽하게 다 읽지도 못할뿐더러 읽었다 하더라도 그 내용을 얼마나 소화했는지에 대해서도 또한 자신이 없다. 그렇다 하더라도 나는 책을 구입하고, 또 읽는다. 어떤 책은 제목만 기억되고, 어떤 책은 제목조차도 기억하지 못한다고 하더라도 나는 책을 구입하고 읽기를 시도하고 있다. 어느 날은 다 읽은 책을 책장에 정리하다 보니 같은 책이 이미 책장에 얌전히 꽂혀 있다. 책을 구입한 기억도, 읽은 기억도 전혀 없어 몇 장 넘겨보면 밑줄이 나름 그어져 있고 중간 중간 읽은 느낌까지 야무지게 적어놓았다. 그것도 볼펜 색깔별로. 누가 내 방에 들어와 내 필체를 흉내

내어 이 책을 읽고 무언가를 적어놓은 게 아니라면 분명 내 필체다. 도대체 내가 언제 이 책을 읽고 이런 글까지 써놓았단 말인가? 갑자기 소름이 쫙 끼치고 닭살마저 올라오는데, 이 정도면 건망증 정도가 아니라 기억상실증 아닐까?

이렇게 아무것도 기억 못 할 거라면 도대체 책을 읽어서 내게 남는 게 무엇이며, 돈을 들여 책을 사고 이를 읽을 아무런 이유가 없지 않은가. 오늘 읽은 책도 몇 달 후에 아무런 기억을 하지 못할 거라는 것인데.

2.

사업을 하는 친구가 어느 날 자신은 그동안 책을 거의 읽지 않았는데 지금부터 책을 읽으면 자신에게 어떤 도움이 될 것인지 물은 적이 있다.

"응? 왜 갑자기?"

진지한 표정으로 묻는 친구의 얼굴에는 '내가 알기로 너는 그동안 꽤 많은 책을 읽었으니 그 답을 알고 있을 것이라'는 확신이 보였다. '나도 사실 그렇게 많은 책을 읽지는 못했는데.'

나는 딱히 답을 생각해내지 못했다. 어린 학생들이라면 책을 통해 남의 경험과 지혜를 배우고, 훌륭한 인격을 갖추는 방법이 된다는 등의 식상한 소리라도 해주겠지만, 내일모레 회갑을 바라보는 중년남자가 책이 뭐에 도움이 되느냐고 묻는데 뭐라고 답을 해야 할까. 진지한 이 친구의 얼굴 표정으로 보아, 이 친구는 분명 중년의 나이에 겪는 우울감이나 삶에 대한 회의가 온 것일 게다. 무언가 돌파구를 찾거나 내면의 물음에 대한 답을 찾고자 하는 것일 테고, 그에 답이 혹 책에 있지 않을까 하는 기대감이 물음의 진의일 듯한데 나 또한 그 답을 알고 있지는 못하니, 뻔한 대답은 '네 놈이 그동안 책을 너무 안 읽었구나'밖에 되지 않는다. 친구는 그동안 책을 안 읽었다는 질책을 받고자 함이 아니니 뭔가 명쾌한 답을 해주어야 하나, 도대체가 많은 이 앞에서 강연하는 자리도 아니고, 그동안 책을 읽지 않았다는 중년의 남자, 그것도 아주 친한 친구에게 할 수 있는 답이 뭘까. 이 종목에 투자하면 자신에게 어떤, 그리고 얼마의 이득이 있는지를 묻고 있는 사람에게.

"남들은 어떻게 살아가고, 어떤 생각을 가지고 사는지를 보는 거지 뭐."

책을 읽기 시작한다고 해도, 그 나이에 인문학을 볼 것은 아닐 테고, 아무래도 소설책일 것으로 추정해서 기껏 생각해낸 답이다.

"남들 어떻게 사는지 궁금하면 〈인간극장〉이나 드라마 보면 되지

눈도 잘 안 보이는데 그렇게 책을 들입다 읽나?"

잘나가다가 친구놈의 얼굴에서 진지함이 사라지더니 〈인간극장〉을 들먹이고 만다. 원하는 답이 아니었던 게고, 더이상의 진지함은 나를 곤란하게 만들 것 같았는지 친구는 곧바로 진지모드를 해제해 버리고 만다.

"너 같이 책을 읽지 않는 놈은 시간적, 공간적으로 자기 세계에 감금되어 있단다. 봐라, 책 이야기하더니 바로 〈인간극장〉으로 넘어가잖냐."

나도 바로 진지모드 해제에 동참할 수밖에 없다.

"감금? 내 그럴 줄 알았어. 어쩐지 누가 요즘 나를 감시하는 것 같더라고. 어디야 나를 교묘하게 감금한 놈들이. 검찰이야? 국정원이야?"

"지랄, 오~버한다."

중년의 남자가 묻는 질문에 중년의 남자가 딱히 대답을 못하니, 이 중년의 남자의 책읽기는 잘못된 것인지도 모르겠다. 책읽기에 정답이 있기야 하겠나만 그래도 누가 물을 때 뻔한 답이라도 준비를 해둬야 할 필요성도 있는 것 같다.

"당신은 왜 책을 읽습니까?"라는 질문에 "그냥요"라고 하지 않으려면.

걷기를 왜 하니? 테니스를 왜 치니? 골프를 왜 치니? 등은 묻지를 않는데 '책을 왜 읽니?'는 가끔 물음이 되고 있으니 책읽기는 어떤 목적이 있어야 하는 것인가 보다.

'교양과 공부는 결혼 전에 마치고 시집와야지, 결혼 후에 돈을 들이면 남편에 대한 예의가 아니지'라는 어느 개그맨의 개그 대사가 있다. '교양'이 결혼 전에 이미 모두 갖추어야 하는 혼수라면 결혼 후 갖추어야 할 교양은 없는 걸까? '교양'이라는 것이 완성 가능한 개념인가? 웃자고 한 이야기에 죽자고 달려드는 것 같지만 웃자고만 할 것은 아니다.

우리 교육제도는 '공부'를 완성의 개념으로 본다. 대학교육까지가 공부의 완성이다. 공부를 완성의 개념으로 인식케 하는 교육제도의 허점이다. 우리의 공부는 수단의 개념이 되어 있다. 성적을 위해, 진학을 위해, 취업을 위해, 자격증 취득을 위해 준비하는 것, 이게 공부의 개념이다. 그래서 공부는 완성의 개념이 되어 있다. 목표한 대상이 달성이 되면 공부는 끝난다. 우리의 '책읽기'는 공부의 일종이 되어 있다. 따라서 공부가 완성되면 의무적 책읽기도 끝난다. 대학만 졸업하면 책읽기는 거의 끝나지 않는가.

'책을 읽으면 무엇에 도움이 되는가?'라는 물음은 이 의무적 책읽기의 인식이 그 근본적 원인이다.

'나의 공부는 이미 끝이 났고, 의무적 책읽기도 이미 끝이 났다. 그런데 혹, 내가 다시 책읽기를 한다면 그게 나에게 어떤 도움이 되는 것인가?' 사업 마인드가 뼛속까지 배인 이 친구의 질문은 이 질문이다. '내가 통기타를 배우면 내게 어떤 도움이 되는가?'라는 질문과 그 맥락이 같다. 책읽기가 취미의 개념과 동일해진 것이다. '취미' 란에 '독서'라고 자랑스럽게 쓰는 이유다. 취미로라도 하는 게 아예 취미조차도 없는 인간보다는 나을 것 같기는 하지만.

3.

인간의 몸은 훈련과 레슨을 통해서 단련되고 프로가 된다. 테니스를 잘 치려면 매일 연습과 레슨이 필요하다. 10년의 경력이 있다 한들 10년을 쉬면 다시 아마추어의 실력밖에 나오지 않는다. 인간의 뇌는 인간의 몸의 일부다. 사고는 뇌의 활동이므로, 단련하여 프로의 사고를 가지려면 매일 연습과 레슨이 필요한 것처럼 사고의 단련과 레슨의 가장 손쉬운 방법이 독서다. 오늘은 포발리를, 내일은 백발리를, 그다음 날은 스매싱을 연습하는 것처럼, 시를, 소설을, 에세이를, 철학, 경제, 고전을 읽어야 한다. 그래야 프로가 된다. 프로는 못 돼도 세미프로는 된다. 세미프로도 못 되면 최소한 뱃살 듬직한 중년부인이라도 가르칠 수 있다.

중년의 독서는 소년의 독서와 다르다. 중년의 독서는 청년의 독서와도 다르다. 노년의 독서는 중년의 독서와도 또 다르다. 초등학생이 중학생의 공부를 미리 할 필요가 없고, 대학생이 초등학생 공부를 할 필요가 없듯이 말이다.

중년의 독서는 세상을 봐야 한다. 중년의 독서는 타인을 봐야 한다. 중년의 독서는 세상과 타인과의 관계 안에서 자신을 봐야 한다.

온 세상을 여행할 수 없으니 책 속에서나마 세상을 돌아다니고, 온 세상 사람을 다 만날 수는 없으니 책 속에서라도 만나야 한다. 내 속을 내가 들여다보기 어려우니 책 속의 그를 통해 나 자신을 들여다봐야 한다. 중년의 독서는 암기의 독서가 아닌 사색의 독서다. 책 한 줄 외워 남에게 써먹는 허세의 독서가 아니라, 허세임을 알아채는 반성의 독서여야 한다.

열변을 토해냈더니 힘 빠지게 묻는 사람이 분명히 있을 거다.

"그래서 내 삶에 뭐가 도움이 되는데?"

그건 나도 모른다. 제 놈에게 도움일 될 일을 내가 어찌 알겠는가. 최소한, 이나마 개멋 내는 말, 허세성 말이라도 하려면 책을 읽어야 한다는 거다.

"김훈 선생 알지?"

"김훈 선생? 몇 학년 때 담임인데?"라고 대답 안 하려면, 제발 책 좀 읽자.

하긴 나도 백날 읽어도 몇 달 후면 읽은 줄도 모를 텐데. 그래도 읽는 게 낫겠지. 덕분에 이렇게 글이라도 쓰고 있으니. 내가 읽은 책이 내가 만난 세상의 크기라면 책읽기를 게을리하여 내가 만난 세상의 크기가 좁아질까 두렵다는 누군가의 말이 있다. 얼마나 클지, 어떤 세상인지는 모르지만, 큰 세상 속에서 살고자 한다면 이 나이부터라도 책을 가까이해야 한다.

중년의 독서는 목적이 아니라 사색이다. 굳이 목적을 묻지 말라. 읽고 사색하면 그 역할은 충분하다.

후회는, 우선 해보고 나서

1.

매우 평이하고 단순한 진리지만, 뭐든 조금이라도 생각이 있으면 하는 게 낫다. 매번 '해야 하는데' 하고 망설이기만 하면 할 수 있는 건 하나도 없다. 결국 나이만 들고 얻는 것은 없다. 고민은 의미가 없다. 그냥 하는 게 낫고, 하고 나서 후회하는 게 낫다. 돈 많이 드는 게 아니면 무조건 하라. 하고 나서 아니면 후회하라.

2.

정신과의사이자 성장심리학자 문요한이 쓴 『오티움』이라는 책이 있다. 책에서 처음 접한 용어인데 '내적 기쁨을 주는 능동적 여가활동'으로 정의했다고 한다. 코로나 팬데믹이 주는 우울감, 일에서 받는 스트레스, 점점 줄어가는 자존감 등을 치유하고 회복하기 위해서는 자신만의 오티움을 찾아야 한다고 강조한다. '나'라는 존재의 중요성을 인식하고, 빈약해져가는 '나' 자신에 내용을 채워야 한다고 한다. 결국 스스로에게 즐거움을 주는 여가활동을 찾아서 우울과 스트레스를 날려버리고, 더불어 여가활동을 통한 결과물마저 생산적 보람을 주는 무언가를 찾으라는 것이다. 자신의 오티움oitum이 뭔지 찾기가 어렵다면 찾는 방법까지 제시하고 있다. 우선, 과거에 스스로 몰입했던 무언가를 찾아보라고 한다. 누구나 성장해가면서 어느 때건 무언가에 관심을 가지고 몰입했던 때가 있었을 것이라는 말이다. 일기, 메모장, 편지, 활동했던 동호회, 관심 있게 들었던 강좌 등에서 찾아보고, 현재의 일상 속에서도 찾아보라고 한다. 읽고 있는 책, 좋아하는 집안일, 즐겨보는 TV프로그램 등에서도 자신의 오티움이 있을 수 있다고 강조하는데, 꽤 수긍이 가는 이야기였다.

나도 사실 '뭔가 재밌는 일이 없을까?', '취미를 가져야 할 텐데' 하는 고민은 항상 가지고 있다. 동호회 가입하여 운동을 할까? 아니면 악기를 하나 배워볼까? 요즘 목공을 배우는 사람들이 많다는데 목공을 배워봐? TV 보니 남자들이 요리를 많이 배우던데, 요리학원? 이것저것 몽땅 끄집어내 수첩에 적어보지만 결국은 흐지부지 지나가는 게 대부분이다. 그래서 아마 『오티움』이라는 책도 내

시선을 끌었을 것이다. 혹 그 책이 내게 뭔가를 하도록 자극을 주지 않을까 하는 기대감으로.

아내는 임영웅만 나오면 만사 오케이인 "영웅빠'로 지내고 있지 만, 어쩌다 던지는 멘트가 내게 깜짝 놀랄 만한 깨달음을 주기도 한 다. 물론, 본인이 의도한 바는 아니지만.

그래서 나는 가끔 아내에게 철학적이든 인문학적이든 아무튼 비 슷한 류의 질문을 던져본다.

"나, 나만의 '오티움'을 찾아야겠어."

"오태웅이 누군데 찾아? 친구야?"

아, 그렇지 '오태웅', 그래 친구네, 나에게 즐거움을 주는 친구. 나는 나의 오태웅을 찾기로 했다.

3.

고등학교 졸업선물로 기타를 선물 받았다. 누님이 선물해준 것인 데, 나는 통기타를 원했지만 받은 건 클래식기타였다. 나나 누님이 나 통기타와 클래식기타를 구분하지 못할 때였으니 그게 통기타인 줄 알았다. 대학입학 후에 나는 서클활동(당시에는 동아리라 하지 않 고 '서클'이라고 했다)을 위해 클래식기타반에 가입했다. 클래식을 원

해서가 아니라 통기타를 배울 생각이었다. 당연히 클래식기타반에는 얼마 다니지 못했다. 통기타를 배우기 위해 클래식기타반에 들어가다니. 내가 원했던 것은 기타를 치고 노래를 부르는 것이었지, 기타줄을 하나씩 튕기는 것이 아니었다. 내 음악성이 클래식 정도의 수준은 아니었던 것이다. 그렇게 나는 몸소 경험을 통해 클래식기타와 통기타를 구분하면서 통기타를 하나 다시 구입했다. 이번에는 내가 아르바이트를 해서 번 돈이었다. 기타학원에 등록하고 싶었지만 집에서 학비를 받아쓰는 형편에 기타를 치겠다고 학원비를 달라고 할 염치는 없었다. 기타 치는 주법이 나와 있는 책을 구입하고, 『포크송 대백과』라는 노래책을 구입했다. 독학을 한 것이다. 지금처럼 인터넷으로 동영상을 볼 수 있으면 독학으로도 수준급의 기타실력을 쌓을 수 있겠으나 책으로는 한계가 있었다. 글로 된 주법 설명으로는 방법을 알 수 없었다. TV에서 통기타 가수가 치는 모습을 열심히 쳐다보고, 노래의 리듬대로 그냥 내려치는 내 마음대로의 주법이 내 주법이 되었다. 코드는 책을 보고 연습했다. 기타줄을 누르는 손가락 끝이 갈라지고 터지고를 몇 번 하며 손가락이 고생을 했지만 곧 익숙해졌다. 내 맘대로 주법으로 1년여가 지나면서 제법 노래를 부르며 기타를 치는 모양새가 만들어졌다. 학교에 기타를 메고 다녔다. 머리는 장발에 교련복을 입고, 신발은 뒷부분을 구겨 신었다. 가끔 80년대 초 대학생들의 모습이 TV에 나오는데 그 모습이 딱 내 모습이었다. 그때는 나만 그런 복장을 한 것은 아니었으니 창피하지도 않았고, 오히려 당연한 것이었다. 군대 가서도 나는 기타를 쳤다. 이등병, 일병 때는 손도 대지 못했으나 상병이 되고부터 내무반에서 기타를 쳤다. 군대를 제대하고 아내를 만났을 때도, 결혼 후에도 술 한잔하면 기타를 집어 들었다. 구력만 따지면 꽤 많은 시간 기타를 만졌지만 실력이 늘지 않았다. 악보를 보지 못하고, 정식으로 배우지 못한 한계였다.

나만의 오태웅을 찾겠다더니 기타 이야기를 한 것은 '나에게 즐거움을 주는 능동적 여가활동', 즉 나만의 오태웅 중에 하나를 '통기타 정식으로 배우기'로 선택하고 싶어서다. 아직도 퇴근 후 시간이 될까? 운동도 해야 하는데? 기타학원비가 너무 비싸던데? 하며 핑계거리를 찾고는 있지만 '나만의 오태웅 찾기' 중 하나가 '통기타 정식으로 배우기'인 것은 변하지 않을 것 같다. 실행을 언제 하게 될지는 나도 모르지만.

매우 평이하고 단순한 진리지만, 뭐든 조금이라도 생각이 있으면 하는 게 낫다. 결과를 내는 것은 행동이지, 생각이 아니다. 망설임은 행동 전에 취하는 루틴일 수는 있으나, 기나긴 루틴만으로 얻는 결과는 주름 외에는 없다. 결국 나이만 들고 얻는 것 없다는 것이다. 중년에 하는 결핍과 결여에 대한 고민은 이미 뒷북이다. 뒷북은 이미 후회한다는 의미와 상통한다. 후회가 결정되었음에도 또다시 루틴 하는 마음은 고민이기보다는 게으름이다. 지금의 게으름 때문에 몇 년 후에도 지금과 또 같은 결핍과 결여가 있다면 그 인생은 실패가 아닌가. 나에 대한 스스로의 다짐이지만, 핑계가 맑은 날 밤 하늘의 별만큼 많으니 '나만의 오태웅 찾기'가 그리 쉽지만은 않다. 그래도 뭔가는 찾아서 하리라. 후회는 해보고 나서.

자신의 가치는 스스로가 높이고

1.

나이가 들어 체력이 떨어지는 이유는 체력이 필요하지 않기 때문이며, 노안이 오는 이유는 세상을 너무 자세히 볼 필요가 없기 때문이라 했다. 자연의 섭리라는 것인데, 그래도 노화는 아쉽고 서운하다. 나이듦은 서운치 않으나 몸의 변화가 서글프다. 이제 직장에서든 가정에서든 사회에서든 나의 자리는 나이든 이의 자리다. 나이든 이의 자리는 진중치 못하면 소란스럽다.

"젊은 사람이 말이야, 내가 나이가 몇인데, 자네는 어른 대하는 법도 배우지 않나?"

회사 현관에서 안내를 맡은 직원과 나이든 민원인의 실랑이는 심심찮게 볼 수 있다. 나이 지긋한 민원들의 최종 무기는 거의 나이다.

"나를 뭘로 보고, 내 나이가 지금 몇인데."

어느 교과서에 나와 있는지, 어느 대본집에 있는 것인지, 배우만 달라질 뿐 대사는 똑같다.

안내직원이 민원인의 나이를 어떻게 알 것이며, 당연히 민원인으로 보지 뭘로 볼 것인가.

자신의 입으로 대접을 요구하고, 세월이 쌓아준 나이를 자신의 가치로 내세우면, 오히려 그 가치는 인정받지 못한다. 중년의 가치는 쌓아온 지위에 있지 않고, 축적한 부에 있지 않고, 몰아넣은 지식에 있지 않고, 부질없는 나이에 있지 않다. 중년의 가치는 자체 발광發光에 있다. 아름다운 풍경을 멋진 자세로 바라보는 은발의 발광, 주름진 미소에서 피어나는 온화한 발광, 나이 들었지만 악기에 도전하는 서투른 손에서 나오는 투박한 발광, 아침을 걷는 발의 건강한 발광, 노안을 참고 책장을 넘기는 혜안의 발광에 있다. 스스로 발광해야 아름답다. ('발광'이라는 단어에 다른 뜻을 두지 말라.)

2.

중년의 가치는 중용에도 있다. 지나침도 모자람도 아닌 딱 적절한 단계다. 중용은 방관이 아니라 지극한 관심이다. 처에게 충실하고 첩에게도 충실한, 여기에도 저기에도 치우치지 않은 관심이 중용이다. 가난할 필요도 부자일 필요도 없는 적절한 욕망이 중용이다. 짜장면을 먹기 위해서는 오천 원이면 되는데, 만 원을 원하면 불필요한 탐욕이다. 중용은 무소유가 아니다. 필요한 만큼만의 소유, 이게 중용이다. 필요한 만큼의 관심, 필요한 만큼만의 개입, 필요한 만큼만의 욕심이 중용이니, 중용은 피곤할 정도의 성실이 필요하다. 그래서 중용은 어렵다. 그래서 중용은 가치가 있고, 중년의 아름다운 가치로 등극되어 있다.

중년의 가치는 책임에 있다. 내가 싼 똥은 내가 치우고, 내가 먹은 밥그릇은 내가 설거지하는 것, 내가 낳은 백수 자식은 내가 책임지고, 내가 먹인 아내의 뱃살은 내가 책임져주는 것, 내가 뱉은 내 말은 내가 책임지는 것, 그것이 중년의 책임이다. 중년의 책임은 나에 대한 책임이다. 중년의 위기에 빠져들지 않고, 사춘기적 사추기의 유치함에 혼란스러워하지 않고, '나는 누구인가?'라는 어울리지도 않는 질문을 던지지 않고, 스스로가 스스로를 책임지는 굳건한 집중력이 중년의 책임이다.

그래서 중년의 가치는 용기에 있다. 용기는 그릇을 말하는 게 아니라, 씩씩하고 굳센 기운을 말하는 것이다. 중년의 가장 중요한 가치는 용기다. 중년은 아직은 멈춤의 나이가 아니기에, 중년은 계속되어야 하기에, 중년의 용기는 계속의 필수조건이다. 중년의 용기는 도전이므로 중년의 용기는 **뻔뻔함**이 필요하다. 다른 이의 눈을 의식하지 않고, 반짝이 옷을 입고 노래를 부를 수 있는 용기, 딱 달라붙은 쫄쫄이를 입고 자전거를 탈 수 있는 용기, 밀짚모자를 쓰고 표고버섯을 키울 수 있는 용기, '나의 삶을 살겠다'고 아내에게 대들 수 있는 용기가 중년의 용기다. (아내에게 대들 수 있는 용기는 매우 큰 용기가 필요하다.)

중년의 가치는 지갑에도 있다. 후배들에게 피자를 사고, 아이들을 보면 용돈을 주고, 아내의 입과 몸을 즐겁게 해주고, 남의 경조사는 꼭 챙기고, 도움을 청하면 도움을 주는 중년의 지갑은 아름답다. '입은 닫고 지갑을 열라'는데 입만 열고 지갑을 닫으면 중년의 가치는 똥값이 된다.

그래서 중년의 몸은 쇠衰하여질지라도, 중년의 정신은 성晟해져야 한다. 중년의 가치는 몸에 있지 않고 정신에 있다. 노화는 몸에 있지, 정신에 있지 않으니 중년이 자랑할 것은 몸이 아니라 정신이다.

고독도 씹고, 맛보고, 즐기고

1.

"고독한 사람을 내버려두어라. 그는 지금 신을 만나고 있다."

_라이너 마리아 릴케

그래 좀 내버려두어라. 중년은 고독하고 쓸쓸하다.

그래서 신을 만난다. 그 신이 '주酒님'일지라도.

쉽게 놓아주지 않는 주님이지만

주님이 허락하면 집에 들어갈 거다.

그렇게 전화를 해대도,

주님이 놓아주지 않으면 들어가지 못하니

조금만 참고 기다려달라. 그 시간이 새벽일지라도.

2.

중년은 침묵의 나이다. 또 침묵할 나이가 아니기도 하다. 판단하고 결정하고 가르치고 지시할 나이가 중년이지만, 잔소리 않고, 나서지 않고, 꼰대소리 듣지 않고, 나잇값 해야 하는 나이가 또 중년이다.

가만히 있으면 무능, 나서면 주책, 한마디하면 꼰대, '중'이 되어야 하는 나이가 중년인가 보다.

떨어지는 낙엽에 소녀들은 깔깔대지만, 중년은 고독하고 쓸쓸하다. 바람이 불면 청년은 패딩을 입지만 중년은 청년이 입을 패딩을 산다. 그래서 중년은 바람도 쓸쓸하다. 중년은 비도 쓸쓸하고, 눈도 쓸쓸하고, 공기도 쓸쓸하고, 숨만 쉬어도 쓸쓸하다.

나이가 드니 창밖을 자주 보게 된다. 창밖의 나무가, 꽃이, 잔디가, 그리 쓸쓸하고 아름답다. 창밖을 보는 내 눈동자에는 초점이 없다. 나무가 있으나 나무를 보지 않고, 꽃이 있으나 꽃을 보지 않는다. 보일 리 없는 허공을 보고, 보일 리 없는 과거를 보고, 보일 리 없는 내일을 본다. 아무것도 보지 않지만 온갖 잡스러운 것들이 창밖에 보인다.

아무도 공유하지 않는 혼자만의 과거를 현재를 미래를, 혼자서 보고 있으니 중년의 창밖은 고독하다. 고독한 중년은 그래서 술을 마신다. (술 마실 핑계라고 서운한 소리 하지 마시길.)

술 마시는 중년은 또 다시 외롭다. 약속한 친구가 오지 않아서 외롭고, 말 많은 친구가 혼자서 떠드니 외롭다. 그래서 또 술을 마신다. 안주가 좋아서 마시고, 안주가 좋은데 오지 않는 친구가 서운해서 마신다. 술에 취하니 친구가 보고 싶고, 보고 싶은 친구 때문에 또 다시 마신다. 술자리 끝날 즈음에 보고 싶던 친구가 와서 다시 마시고, 늦게 온 친구의 사과주를 또 받아 마신다.

쓸쓸한 내 맘도 몰라주고 만취만 타박하는 아내가 서운해서 외롭고, 상처뿐인 내 마음을 위로해줄 내 편이 아무도 없어 또 외롭다. 중년은 그래서 외롭고, 쓸쓸하고, 다시 고독하다.

3.

중년은 명사지만 그 의미는 동사다. 중년은 노년을 향한다. 아쉽게도 중년은 아직 멈춤의 시기가 아니다. 멈추기는커녕 오히려 그 진행 속도가 빠르다. 그래서 중년은 더 아쉽고 더 쓸쓸하다.

중년은 현재형이지만 그 의미는 과거를 포함한다. 중년은 청년을 지나온 청년의 궤적이다. 중년은 청년과 노년을 잇는 어스름하고 짧은 터널이다. 어둠과 밝음이 교차하는 터널 안에서 살아온 궤적을 수차례 돌아본다. 중년은 가파른 중턱에 선 상처투성이의 투우다. 싸우고 싸워 그 자리에 섰지만 상처만 남은 그 몸은 승리인지 패배인지 알아채기 힘들다. 스스로 핥고 쓰다듬어 상처를 만져보지만 그 땀내와 눈물 자국은 지울 길이 없다. 지치고 지쳤으나 아직도 남은 길에 콧김만 내쉰다. 이 길의 끝에 가족이 있으니 아직 쉴 길은 없다. 버티고 버티어 이 길 끝에 선 가족에게 도착하나 가족은 이제 중년을 손님으로 받는다. 청년이었던 이가 중년이 되어 다가오니 그 가족을 탓할 수도 없다. 가족이고 싶은 중년은 뒤늦게 한 발짝 다가서나 가족은 그 한 발짝도 낯설어한다. 중년은 겉돈다. 중년은 소외된다. 그래서 중년은 고독하다.

　중년의 외로움은 소외지만, 중년의 고독은 오히려 기회다. 나는 혼자 있는 시간을 자주 갖는다. 주로 책을 읽고 글을 쓰지만, 마음 깊은 곳의 나를 보는 시간이기도 하다고 멋지게 말하고 싶지만, 사실 그냥 내 방에서 내 맘대로 뒹굴거린다. 왼쪽으로 뒹굴고 오른쪽으로 뒹굴고, 특별히 볼 것도 없는 휴대폰도 만지작거리고, 코도 파고 귀도 후비고 방귀도 맘대로 뀐다. 아무도, 아무것도 거리낄 것 없는 휴식이다. 그래서 나는 혼자 있는 시간이 좋다. 혼자 있어야 생각도 한다. 뒹굴뒹굴 이 생각 저 생각하다 벌떡 일어나 노트북 앞에 앉기도 한다. 누군가 옆에 있으면 행동을 조심하게 되고, 행동에 신경 쓰면 생각을 할 수 없다. TV가 켜져 있어도 생각이란 걸할 수가 없다. TV가 생각하면 내 생각이 없다. 방해하는 소리가 없어야 생각이란 걸 한다. 생각은 창조의 원천이 된다. 내일은 뭐할까, 모레는 뭐할까, 1년 후에는 뭐할까, 5년 후에는 나는 뭐하고 있을까? 혼자 있어야 내일을 계획한다. 혼자 있어야 책을 본다. 혼자 있어야 글을 쓴다. 그래서 중년에게 주어진 혼자만의 고독은 창조의 기회다. 그래서 중년은 고독을 씹고, 맛보고, 즐겨야 한다.

"여보! 뭐해! 빨래 좀 개줘."

개도 없는데 무슨 빨래를 개한테 주라고.

아내가 부르면 얼른 달려가라. 아내의 심부름을 재빨리 마쳐라. 그래야 다시 내 방으로 들어올 수 있다. 그래야 다시 신을 만날 수 있다.

'아, 고독하고 싶다.'

이 나이에 이성친구는

1.
당신은 다시 태어나도
지금의 아내를 선택하겠나요?

아, 제 아내는 현명하고,
돈도 잘 벌고, 외모도 그만하면~

모든 면에서 어디다 내놓아도
부족하지 않습니다.

아, 그럼 다음 세상에도 지금의 아내를 선택하겠다는?

음, 이렇게 괜찮은 여자를,

다음 세상까지 제가 또 차지하기엔

제가 너무 이기적인 것 같아

다음 세상에서는 다른 이에게 기회를…….

2.

먼, 아주 오래된 옛날 남성은 태양에서 생겼고, 여성은 지구에서 태어났다. 그리고 한 가지 성이 더 있었는데 태양과 지구의 성질을 다 가지고 있는 달에서 생겨난 양성이 있었다. 그들은 부모를 닮아 둥근 모양을 가지고 있었고, 힘과 정력이 대단하여 무서운 존재였다. 그 자만이 대단하여 신을 공격하게 됨으로써 신의 노여움을 사게 되었다.

신은 방자한 그 인간들에게 벌을 내리기를 둥그런 인간의 몸을 삶은 달걀을 두 조각내듯 둘로 쪼개버렸다. 신은 얼굴과 반 조각이 된 목을 절단된 쪽으로 돌려놓아 그들이 반으로 갈라진 증거를 스스로 쳐다보면서 앞으로는 온순하게 행동하도록 하고 절단한 상처를 꿰매주었다. 마치 졸라매는 끈이 달린 돈주머니처럼, 지금 배라고 불리는 곳에 가죽을 모아 배의 한가운데에 구멍을 하나 남기고 단단히 묶었다. 그것이 배꼽이고, 묶으면서 생긴 주름을 쭉쭉 펴서 가슴을 만들고, 배꼽 근처에만 약간의 주름을 남겨두었다. 이렇게 몸이 갈라진 인간은 서로 다른 반쪽을 그리워하게 되었으니 다른 반쪽을 만나면 서로 얼싸안고 떨어지지 않으려고 했다. 반쪽을 만나지 못한 또 다른 반쪽들은 자신의 반쪽을 그리워하는 마음이 점점 커져만 갔고, 반쪽만을 그리워하던 인간은 죽음을 맞이했다. 인간이 속절없이 죽어가자 신은 대책을 강구했으니 인간의 생식기를 앞으로 옮겨 놓아 교접의 욕망을 만족시켜주었다. 이로써 인간은 남자와 여자가 쌍을 이루며 아이를 낳고 종족을 유지하게 되었으나 자신의 선천적 반쪽이 아닌 반쪽을 만난 인간은 선천적 반쪽에 대한 사랑을 그리워하며 살게 되었다.

플라톤의 『향연』에서 아리스토파네스가 한 이야기다. 이제 중년이라는 나이의 인간들은 선천적 반쪽을 만나지 못하였다고 하더라도 이미 늦었고, 그 선천적 반쪽은 다른 반쪽에게서 행복을 느끼며 살고 있을 것이다. 지금 살고 있는 반쪽은 운명이니 그이를 거역함은 신을 거역하는 것일 게다. 지금 같이 있는 이와 한몸으로 살다가 죽음까지 같이하면 그 완전함이 곧 신이 원하는 사랑이니 그 사랑으로 행복하여 신의 뜻을 받아들여야 한다.

3.

나는 지금 중년이고 아내 외에 다른 여자는 없다(이 말을 먼저 꼭 해두어야 한다). 중년의 남자가 중년의 여자 이야기를 쓰려다 보니 아무래도 아내가 걸린다. 여자 이야기라 해봐야 특별할 게 있겠나 만 그래도 혹시 오해의 소지가 있을 수 있고, 나는 아직 아내의 눈치를 봐야 한다. 아내가 강아지라도 키우면 그 강아지만 붙잡고 있으면 쫓아내지는 않겠지만, 아내는 강아지도 키우지 않는다. 해서 이 글은 최대한 요령껏 쓰고자 한다.

내가 남성이니 여자로 표현했을 뿐 여성 독자의 입장에서는 남자로 보아도 아무런 상관이 없다. 남녀 구분을 하고자 함이 아니라는 것이니 이 또한 오해가 없기를 바란다. '이성'으로 하려고 했으나 아무래도 그 느낌이 덜하여 '여자'로 했다. 이렇게까지 조심하면서 중년의 여자 이야기를 써야 하느냐 하는 회의가 있기는 하지만 중년남자의 이성에 대한 생각을 강변하고자 이렇게 주책을 부린다. '중년남자에게 여자란?' 정도로 이 글의 주제를 생각하면 되겠다. 사실 결론을 먼저 말하면 중년의 나이 정도 되는 남자는 성적 대상으로 여자를 찾을 나이는 아니라는 말을 하고자 하는 것이다.

오래전에 중년을 살아가는 방법에 대한 책에서 '일부러라도 이성 친구를 사귀어라'라는 내용이 있었다. 글쓴이 자신은 이성친구가 있고, 그 이성친구를 만나러 가는 날에는 아내에게 데이트가 있다는 말을 하고 나간다고 하고. 그 작가가 아내에게 맞아죽지 않고 그 글을 썼다는 게 놀라웠다. 이성친구는 있을 수는 있다. 초등학교부터 대학까지 나오면 당연히 학교 다닐 적 친구들이 있을 수 있고, 모임 등에서 만날 수는 있겠지만, 결혼한 사람이 데이트라니. 그것도 아내에게 **뻔뻔**하게 그 말을 하고? 일본인이 작가였는데 일본과 우리는 사고가 다를 수는 있겠지만, 여하튼 나는 그 생각에는 동의하지 않는다. 문화는 그 사회의 거의 대부분의 사람들이 공통적으로 공감하는 것이다. 아무리 나이든 중년일지라도 아내가 있는 남자가 이성친구와 데이트하겠다고 옷을 차려입고 떳떳이 나간다는 것은 이해하기 어렵다. 중년 정도의 나이가 되었으면 굳이 이성친구를 따로 만나려 애쓸 필요는 없지 않을까. 학교 모임 등에서 우연히 만나는 거야 혼자서 만나는 거 아니니 오해 살 만한 일은 아니지만, 굳이 따로 만나는 불필요한 행동으로 배우자를 슬프게 할 필요는 없다. 뭐, 반대로 아내가 다른 남자를 만나러 가는 것이 아무렇지 않다면야 서로 이해하겠지만, 그 정도면 우리 문화에서는 거의 콩가루 집안이다. 배우자가 있는 중년이라면 이성으로서의 여자는 이제 아내로 족하자는 말이다. 물론, 당연히 싱글은 예외다.

4.

자유인의 상징인 '그리스인 조르바'도 나이를 먹는다는 것은 두렵다고 했다. "죽는다는 것은 아무것도 아니지만 늙는다는 것은 창피한 일이다"라고 말이다.

"앉아도 되죠? 할아버지?"

술집에 앉아 있는 조르바에게 작은 여인이 다가서며 건네는 이 말에 조르바는 충격을 받았으니, 천하의 자유인인 조르바도 여자가 자신을 늙은이로 보는 것을 견디지 못했다. 수컷은 죽을 때까지 수컷으로 죽는다. 늙음이 육체적 수컷을 거세한다 해도 수컷의 정신은 거세되지 않는다. 반대도 마찬가지일 거라 믿는다. 수컷이라는 단어가 너무 동물적 본능의 의미가 강함을 부정할 수 없지만, 수컷이 의미하는 단어에는 성적 욕망이라는 의미만 있는 것은 아니다. 수컷도 하루 종일 그것만 생각하지는 않는다. 중년의 나이만큼 풍상을 겪어오고 그 풍상의 시련으로 적절히 찌들어간 중년의 육체도 이제 그 성적 흥분도는 요즘 약해진 소주 도수보다 적어졌으니 수컷이라는 단어에 굳이 도끼눈을 뜨고 노려볼 필요까지는 없다.

여성이 남성을 바라보는 시선이 욕망의 대상만이 아니듯이 남성이 여성을 쳐다보는 눈길 또한 욕망만은 아니다. 사실 조르바의 충격은 자유를 만끽할 기회가 줄어듦의 충격이다. 나이듦의 충격이었다는 의미다. 하고 싶은 모든 것을 해보던 자유인 조르바도 죽음의 순간 해보지 못한 것에 대한 아쉬움을 표현했듯이, 나이들어감에는 자유롭지 못하였으니 조르바의 충격은 여자가 아닌 나이 드는 것에 대한 아쉬움의 충격이었다.

이제 중년남자에게 여자는 옛사랑일 뿐이다. 더 구체적으로 말하면 옛사랑이 아닌 옛 추억이다. 지나간 세월의 아쉬움, 딱히 아름답지도 아프지도 않았는데 아름답고 아픈 사랑으로 스스로 만들어둔 추억, 돌이킬 수 없는 것, 그래서 아련한 것, 그것이다. 중년남자에게 여자란 옛 추억일 뿐 성적 대상으로서의 여자는 이미 사라지고 없으니, 중년의 아내들이여 당신의 남편을 너무 과대평가할 필요 없다.

중년의 아내는 중년남자의 옛 추억과 현재를 공유한다. '내 첫사랑은 당신이오'라는 뻔한 거짓말이 아니라, 오랫동안 같이 살아왔으니 대부분의 추억이 공유될 것이라는 의미다. 물론 좋지 않은 추억도 공유되고 있다는 아픔도 있지만.

다행히, 결국 좋다 싫다 해도 중년남자에게 여자란 아내다. 세상 풍상이 다 드러난 얼굴이 점점 짠해지는 나이가 되었지만, 아내가 옛사랑이고, 추억이고, 같이 늙어가는 아쉬움이다.

남편의 등에 붙은 파리를 보며, '파리는 업어주고 자신은 업어주지 않는다'는 아내의 투정을 이야기한 시가 있다. '파리는 제가 와서 업혔다'라고 해야 할까, '파리는 가벼우니까'라고 해야 할까. 그러고 보니 내가 아내를 업어준 기억은 30여 년 전 신혼여행에서 사진을 찍어주던 택시기사의 오지랖으로 아내를 업고 사진을 찍었을 때뿐인 것 같다. 지금은 업으려야 물리적으로 업을 수도 없겠으나 '업어주겠다' 시도를 하면 '이 양반이 미쳤나'가 그 대답이 될 것이 뻔하니 업는다는 것도 다 시기가 있나보다. 기껏 '중년남자의 여자란?'을 이야기하고자 한 시작이 아내로 끝났으니, 이게 살기 위한 몸부림인지 정답인지 아직 나는 답을 모르겠으니 혹 독자 여러분이 판단되면 답을 정해보라. 답을 정했다고 굳이 내게 연락할 필요는 없다.

이제 건강도 좀 챙기고

1.

아프니까 중년이다.

허리도 아프고, 무릎도 아프고

장도 아프고 간도 아프고

어제 먹은 술로 속도 아프다.

이제 그만 술도 끊어야겠는데

하필 오늘 지난달에 퇴직한 박 과장이

고기집 개업을 한단다.

오늘까지만, 내일 아침에 갤*스 하나 먹고

이제 술도 끊고, 건강검진도 해야지.

다음 주에 우리 부서 회식이 있는데…….

$\overline{2.}$

"간장약하고 영양제 식탁 위에 사다 뒀으니 아침마다 챙겨 먹어. 내가 일일이 못 챙겨주니까 알아서 먹고. 그 나이면 자기 몸은 자기가 챙겨야지 누가 안 챙겨줘."

식탁 위에 영양제니 식품보조제니 비타민 등이 가득하다. 한두 번 챙겨 먹고 그대로 있는 게 태반인데, 아내는 또 뭔가를 사다 쟁여두었다. 그냥 챙겨 먹으라 하면 될 일을, 꼭 본인 몸은 본인이 챙기라는 매몰찬 소리를 한다.

'누가 챙겨달라 했나.'

매일 아침 못 챙겨주는 미안함이겠지만, 그 나이면 건강은 스스로 챙겨야 한다는 말에 늘어가는 나이를 실감한다.

중년남자의 건강 문제는 대부분 술과 음식 때문이다. 물론 과해서다. 뭐든 줄여야 하는 게 중년이지만 젊을 때의 습관을 버리지 못해, 음식도 술도 그 양이 그대로다. 오히려 더 먹는다. 이러니 몸이 상한다.

술 때문에 먼저 간 이들이 한둘이 아니지만, 그 술이 건강을 해치는 걸 모르지는 않지만, 그래도 줄기차게 술자리를 찾는다. 아내가 챙겨준 약이라도 먹으면 조금 나을까 싶어, 가끔은 식탁 위의 간장약을 주워 먹기는 하지만 며칠 지나면 그도 심드렁해진다. 한심하게도 술을 마시며 술자리에서 서로의 건강 걱정을 한다.

"자네도 이제 술 좀 줄여야지."

똥 묻은 놈이 겨 묻은 놈 나무란다고, '나는 그래도 너보단 덜 마신다'는 못난 위안이요, 스스로에게 하는 자책이다. 친구는 고맙다며 피식 웃지만 '너나 걱정해라'라는 말이 생략되어 있다.

"'최' 그 친구 간암이었지?"

"그렇지, 그 친구 술이 과했어."

본인이 마시는 술은 술이 아니라 약인지, 먼저 간 친구의 술 탓을 한다. 술 탓을 하면서도 술을 마시니 그 술이 마약인지 음료인지 알 수가 없다.

3.

대한민국 중년남자의 술은 마시는 음료가 아니라 그의 세상이다. 술을 끊으면 그 세상이 끊어진다. 술을 끊지 못하는 그 인간만을 탓할 수도 없는 이유다. 술을 끊으려면 친구를 끊어야 한다. 술을 끊으려면 회사동료를 끊어야 하고, 일을 끊어야 하고, 그리고 유일한 낙을 끊어야 한다. 술을 끊으면 건강을 얻겠지만 세상이 없는 건강은 의미가 없으니 대한민국 중년남자는 술을 끊지 못한다. 사실 끊지 못하는 게 아니라 끊지 않으려 한다.

건강은 질병이 없다는 것만은 아니다. 정신적, 사회적으로 완전히 안녕 상태에 놓여 있는 것을 말한다. 세계보건기구의 헌장에서 정의한 것이다. 딜레마다. 정신적, 사회적으로 안녕 상태에 있으려면 중년남자는 술이 있어야 하겠는데 술이 건강을 해치고 질병을 만들 테니 세계보건기구의 건강에 대한 정의가 안 맞다.

애초에 내가 건강 이야기를 하는 것 자체가 잘못되었다. 술에 취하여 손가락 한 개가 두 개로 보이는 사람에게 술 취하는 게 어떤 거냐고 묻는 것과 다름이 없지만, 나도 사실 건강에 대해서 걱정하고, 중년은 건강을 생각하며 챙겨야 한다는 것에는 이견이 없다. 다만, 건강이 목적이 되어 있음에는 이견이 조금 있다. 요즘 건강 테마가 대세다. 거의 모든 판매 물건에 건강을 표제로 삼는다. 건강을 위해 매일 달리기를 하고 일찍 잠자리에 든다. 그다음 날도 건강을 위해 달리기를 하고 또 일찍 잠자리에 든다. 건강을 위해 산다. 건강을 위해 굶는다. 건강을 위해 참는다. 건강이 모든 것에 우선이 되고, 건강이 목적이 되었다는 말이다.

장수의 목적은 생존이 아니라 누리는 것이다. 누린다는 것은 산다는 것인데, 산다는 것은 목숨이 붙어 있음이 아니라 살아있음을 즐기는 것이다. 건강은 수단이다. 산다는 것을 즐기려면 움직여야 한다. 움직인다는 것은 건강하다는 것이다. 건강을 위해 세상을 끊으면 그 건강은 즐기는 건강인가, 생존을 위한 건강인가.

술을 끊기 싫어 별 궤변을 갖다 붙인다. 술을 끊기 싫은 못난 중년남자의 궤변이니 그러려니 하고 이해해주기 바란다.

대한민국 중년남자여, 세상을 끊기 싫으면 건강을 끊어라. 어려울 것 없다. 적당히 하자는 말이다. 적당히 건강하게 술도 즐기고, 음식도 즐기고, 신체적, 정신적, 사회적으로 적당히 안녕하게 그렇게 살자는 말이다. 세상도, 건강도 끊기 싫거든 중년의 품격을 지켜라. 중년의 품격은 중용이다. 술을 줄이고, 세상을 줄이고, 몸무게를 줄이고, 불평을 줄이고, 변명을 줄이고, 허세를 줄여라. 지갑을 열고, 귀를 열고, 마음을 열어라. 걷기를 늘리고, 가족과의 시간을 늘리고, 사색시간을 늘리고, 헬스클럽의 운동시간을 늘려라. 그래서 건강하게 즐기며 살자. 박과장 개업식에서 막걸리 한 주전자 마실 것을 반 주전자만 마시고, 파전이 공짜일망정 내일을 기약하자. 그렇게 이제 건강도 챙기며 살자. 그렇다고 내가 그렇게 술을 많이 마시는 사람은 아니니 오해는 말라. 아, 파전에 막걸리 먹고 싶다.

아저씨지만 청바지는 입고 싶다

1.

인간의 활동은 자칫 풀어지기 쉬우므로,

무조건 금방 휴식을 취하려 들지.

그래서 나는 자극을 주고 영향을 주는

친구를 붙여주어 악마의 역할을 맡긴다.

하지만 신의 진정한 아들들아

너희는 풍성하게 살아가는 아름다움을 즐겨라!

영원히 힘차게 작동하는 생성의 힘이

사랑의 다정한 울타리로 너희를 에워싸리라.

아물거리며 떠도는 것을

변하지 않는 생각들로 단단히 붙잡아라!

_괴테, 『파우스트』 「천상의 서곡」에서

2.

"면바지로 갈아입어요."

"왜? 괜찮은데."

"좀 그래. 그냥 면바지 입어요. 당신도 이제 어색하네."

시내 마트에 나가자기에 그동안 즐겨 입었던 청바지를 입고 나서는 내게 아내는 충격적인 말을 던진다.

"그렇게 안 어울려?"

서운한 마음 겸 허탈한 심정 겸 치기어린 오기 겸 나는 다시 아내의 눈을 쳐다보았다.

"응, 안 어울려."

"그 정도로?"

"응 그 정도로. 아니, 막 그렇게 멋있어 보이진 않네……. 그냥 입든지."

충격을 받은 내 얼굴의 표정이 안 되어 보였는지, 아내는 불쌍한 놈에게 동전 던져주듯 살짝 선심 비슷하게 툭 던져주고 고개를 돌리고 만다.

얼버무리며 앞장서버리는 아내의 마음을 더이상 모른 체할 수 없어 얼른 면바지로 갈아입고 나섰다.

'이제 정말 많이 안 어울리는 게지…….'

3.

사실 나는 청바지를 직접 사본 적은 없다. 모두 아내가 사다준 것이고, 골라준 것이다. 내가 청바지를 입기 시작한 것은 40대부터였던 것으로 기억한다. 20대 후반에 잠깐 입었던 청바지를 30대 들어서부터 입지 않았다. 30대는 이미 젊은이가 아니라는 치기였다. 30대는 나이 먹었다는 표를 많이 냈다. 호적 나이는 어떻고 실제 나이는 어떻고 하여 호적보다 한 살이 더 많다고 친구들과 실랑이를 하곤 했다. 그 싱싱한 젊음을 그리 홀대했으니 30대 내 젊음에게 미안해진다. 그러니 그때는 양복을 입거나 정장바지만을 입고 다녔다. 40대 들어서서 다시 청바지를 입은 것은 아이러니하게도 다시 젊어 보이고 싶은 마음이었다. 30대까지는 당연한 젊음이었으나 40대에 들어서서는 그 젊음이 당연함이 아니었으니 옷차림으로라도 아직 젊음을 내세우고 싶었으리라. 한치 앞을 못 보는 인간은 그렇게 청개구리 심보로 산다.

내가 20대였던 1980년대는 통기타와 청바지가 젊음의 상징이었다. 제임스 딘이 영화에서 입었던 것으로 젊은 저항의 상징이 된 청바지는 암울한 그 시대에 저항의 형태로 유행을 하기 시작했다. 20대에 입었던 청바지는 요즘처럼 몸에 딱 들러붙는 옷이 아니었다. 청으로 되어 있었지만 헐렁하고 재킷이 한 벌이어서 제주도로 신혼여행을 가는 신혼부부들의 유니폼 비슷한 거였다. 몸에 딱 붙는 모양이 아니니 움직임에 불편함은 없었다. 재질이 두꺼워 오히려 함부로 다루기에 편한 옷이었다.

반면에, 40대에 입기 시작한 청바지는 몸에 딱 붙는 모양과 재질이었다. 젊은이들이 몸에 붙는 옷을 선호하고 유행이 되면서 청바지에까지 그 모양이 영향을 미친 것이다. 청바지의 재입문은 그리 만만한 것은 아니었다. 양복바지와 헐렁한 면바지에 익숙해 있던 내 몸과 눈이 딱 붙는 청바지를 거부했고, 속옷을 입는 기분이 들어 애먼 바지를 잡아 늘였다. 아내의 권유로 억지로 입기는 했지만 한동안은 그 어색함 때문에 남이 내 청바지만 보는 것 같았다. 내 몸이라도 멋지게 빠졌다면 자신이라도 있었겠지만 작은 키에 몸까지 왜소해서 자신감이 제로였다. 다행히 검정 티에 청바지를 입고 나온 스티브 잡스가 힘을 실어주고, 눈 질끈 감고 자주 입게 되면서 청바지의 어색함은 많이 사라졌다. 내 나이 또래의 사람들도 많이 입는 것이 보였고, 젊어 보인다는 주변의 인사치레에 속고, 20~30대의 젊은이들과 같은 옷을 입는다는데 젊음의 동질감도 느꼈다. TV와 인터넷 등의 활약으로 청바지가 젊음의 상징이 되고 나도 그 어색함이 많이 사라지자 오히려 아내와 함께 청바지를 고를 정도가 되었다. 그때부터 내게 청바지는 젊어 보이는 옷으로 인식되었다.

청바지에 티 하나만을 걸치는 젊은이들이 이뻐 보였고, 나도 그 차림을 따라하게 되었다. 30대보다 오히려 40대에 젊은 옷을 입은 것이다.

허나, 안타깝게도 몸이 늙으면 사고도 늙게 된다. 50대가 되면서 다시 청바지가 어색해지기 시작한 것이다. 남들이 주책이라고 생각할까 두려워지고, 젊은이들의 눈보다 오히려 나이든 이들의 눈이 더 신경 쓰였다. '저 나이에 무슨 청바지?' 그렇지 않아도 점차 눈치가 보이던 나의 청바지 입기는 '면바지로 갈아입어요'라는 아내의 한마디로 이제 거의 끝난 것 같다. 외출복으로 입던 청바지는 이제 시골집에서 일을 할 때 입는 작업복으로 그 용도가 변했고 외출 시에는 면바지만 입고 있다.

***

4.

TV를 보면 70이 넘은 노년의 연예인들이 청바지를 입고 나오기도 한다. 이미지 변화를 위해서는 나이가 들어도 청바지를 입으라는 권유도 많다. 대기업 총수가 청바지를 입고 나와 젊은 기업을 강조하기도 하고, 2,500년 전의 소크라테스에게 '테스 형'이라고 외친 70대 중반의 나훈아가 청바지를 입고 폴짝 뛰는데 섹시하다는 칭찬이 인터넷에 도배된다. 이런 자신감들이 부럽지만 나잇값에 대한 생각이 너무 많으니 자신감을 찾으려면 내 스스로 나잇값을 많이 내려야 할지도 모르겠다. 아직은 내 나이듦이 당혹하여 값을 내리지 못하고 있으나 곧 원가를 낮추는 대안을 찾아내면 청바지가 아니라 가죽바지라도 입을 것이다. 『파우스트』의 「천상의 서곡」에서 하느님의 나무람처럼 벌써 활동하지 않으려는 나를 반성하게 되면 청바지 일곱 벌을 구입해야겠다. 월, 화, 수, 목, 금, 토, 일.

나 스스로에게 당당하고, 내가 원하는 무언가에 지극히 간절하다면, 나는 어색하지만 다시 청바지를 입는 용기를 내야 할지도 모른다. 내 마음의 소리를 귀기울여 듣고, 그 소리를 따라 춤이라도 춰야 할지도 모른다. 나이든 아저씨지만 아직은 청바지를 입고 싶다.

코로나가 발생하기 이전, 술자리 아재 건배사가 그립다. 청바지! 청춘은 바로 지금부터!

미리 보는 나의 죽음
_자만시(自挽詩)

1.

명성과 영화도 갖지 못했으나
재물과 부귀도 얻지 못했으나

아내를 얻고, 아들들을 얻고, 친구를 얻고
그들의 사랑을 얻었으니

이만하면 잘 살았다.

저들이 지금 내 상가에서 울어주고 있으니
내 죽음을 저리 애절해하고 있으니
내가 먼저 떠남을 애도하고 있으니

이만하면 잘 살았다.

술 한잔 따라주고 두 번을 절하고
술 한잔 따라놓고 눈물을 흘려주니
내 죽은 육체에 대한 애도는 그만하면 되었다.

이제 그만 저들을 떠나 자연으로 돌아가면
망각의 강을 지나 영면할 수 있으리라.

2.

피워놓은 향냄새와 국화꽃향이 너무 진하다. 내가 영정사진 안에서 어색하게 웃고 있다. 저 영정사진은 내가 50대에 바리스타 자격증을 따면서 찍은 사진인데 저걸 영정사진으로 썼구나. 늙어서 죽었는데 너무 젊은이가 영정에 앉아 있으니 내가 맞는데도 내가 아닌 듯하여 조금 민망하다. 아마 아내가 서재에서 찾아 영정사진으로 쓰라며 아들에게 주었으리라. 생전에 영정사진 한 장 찍어놓을 걸 그랬나보다. 묘하게도 나의 저 웃음은 나의 죽음이 그리 애통해할 일만은 아니라 하고 있으나, 내 영정 앞에 엎드려 있는 저 조문

객들은 그 표정이 사뭇 심각하여 영정의 웃음과는 대조적이다. 죽은 이는 웃는데 살아 있는 이는 울고 있으니 아무래도 너무 진한 분향 냄새가 이들의 기분을 가라앉힌 듯하다. 생전에 향냄새를 맡으면 기분이 가라앉곤 했으니 저들의 기분을 이해 못 할 바는 아니다. 영정 옆을 둘러싼 국화꽃의 향기가 너무 진하다. 저 많은 국화꽃을 왜 그리 둘러쳐 놓았는지 그 생각 없는 형식이 부질없다. 이 자리는 죽어야 앉는 자리이니 살아 있는 이는 이 향의 진함을 알 수 없기는 하겠다.

술잔에 담겨 있는 저 술은 생전에 내가 좋아했던 술이 아니다. 오는 사람마다 저 술만 따르고, 영정에서 술잔까지 거리가 너무 멀어 마시려야 마실 수도 없으니 차라리 꽃을 놓아두고 하는 묵념이 더 낫겠다.

검은 옷을 입은 아내는 눈두덩이 퉁퉁 부어 곧 터질 지경인데, 코는 왜 저리 훌쩍거리는지 저놈의 비염은 죽어서도 신경 쓰인다. 언제가 될지 모르나 나를 따라 곧 이 영정 자리에 앉으면 그놈의 비염도 영원히 사라지겠지만, 큰애 저놈은 훌쩍거리는 엄마에게 휴지 하나 건넬 줄 모르니 내게 육체의 손이 없음이 지금은 좀 아쉽다. 내가 살아 옆에 있으면 "여보, 휴지" 하며 손을 내밀었을 아내인데 아직 자식에겐 손을 내밀지 않고 있으니 시간이 좀 필요할 것 같긴

하다.

큰애와 작은애는 저러다 무릎 상할까 걱정이다. 오는 조문객마다 맞절을 해야 하니 3일을 저러면 무릎이 괜찮을까 우려된다. 생전에 교회를 다녀서 절을 못 하게 할 것을 내가 종교를 갖지 않아 아들들이 고생한다.

그래도 큰애, 작은애 직장에서 많이 찾아준 걸 보면 직장생활은 원만히 잘하고 있나보다. 취업이 늦어 뭘 해먹을까 걱정이더니 이제는 자리를 잡은 것 같아, 제들 엄마 걱정을 덜었으니 그나마 다행이다. 이제는 제놈들도 나이를 먹었으니 제놈들이 엄마 챙기며 살아갈 것이다.

저 친구놈은 이제야 소식 듣고 부랴부랴 오나보다. 제놈도 여기 앉을 날이 머지않았는데 굳이 저리 걷지도 못하는 몸을 끌고 여기까지 오다니 쓸데없는 짓은 죽어야 말 것 같다. 내 죽음이 슬퍼서 우는 건지, 제놈 올 날도 머지않았음을 서러워하는 건지 저 나이에도 울음이 남아 있구나. 살아서는 몰랐더니 저놈도 많이 늙었다. 그리 술을 처먹어도 끄떡도 없더니 술에 장사 없다고, 세월에 장사 없다고, 저리 폭삭 늙었다. 폭삭 늙어서까지 살아 있으니 그만하면 저놈도 잘 살았다.

지금 내 영정 앞에서 술을 따르는 저 친구와는 수십 년을 잘 지냈다. 항상 먼저 전화를 걸어주는 친구였으니 그 배려가 고마웠고 짜증 한 번 낸 적이 없으니 그 착함이 고맙다. 항상 술값을 내주는 친구였으니 그게 가장 고맙다. 아마 내 죽음의 부의금도 가장 많이 냈을 터인데, 아내가 장부에 잘 적어두었다가 그 친구놈 죽으면 두 배로 부의할 것이니 친구놈 부인에게 따로 고맙다 미안하다 하지 않아도 무례는 아닐 듯싶다.

나보다 먼저 떠난 놈들이 많아서 남은 놈들은 몇 안 되지만, 아직 남은 친구 몇 놈이 오지를 못하는 걸 보면 그놈들도 여기 영정 자리에 앉을 날이 멀지 않았나보다. 서로 때문에 즐거웠고 서로 때문에 위로받고, 서로 때문에 투닥거리며 한평생을 그리 살았으니 그만하면 친구들도 잘 두었다 여긴다.

요즘 장례 절차는 돈을 주면 다 해주니 걱정할 것은 없으나 내가 말한 납골당에 내 뼈를 보관할지 모르겠다. 아내가 그 말을 기억하고 있으니 그리하겠지만, 자식 놈들 시원찮은 건 죽어서도 걱정이다.

리무진 같은 허영의 영구차는 필요 없다고 했는데 기어이 리무진으로 내 죽은 육체를 싣고 나서니 부질없는 짓에 혀를 차보지만, 죽은 아버지 모신다는 자식들의 마음일 테니 그러려니 해야겠다. 죽은 육체를 리무진으로 옮기면 뭐하고 버스로 옮기면 뭐하나. 죽은 이는 짐칸에 누워서, 살아 있는 이는 좌석에 앉아서, 버스로 같이 타고 화장터로 가면 되지.

내 떠나는 날 다행히 날이 좋아 번거롭지는 않구나. 봄이라 그런지 상춘객들이 많다. 들판에 꽃들을 보니 살아생전에 아내와 가꾸었던 마당에 꽃들이 벌써 궁금하긴 한데 이번 봄은 아내 혼자서 꽃을 심어야 하겠구나. 아내도 이제 늙어서 봄꽃 심는 일을 그만해야 할 텐데, 꽃 욕심이 많아서 어쩔지 모르겠다. 호미질 하다 손목 상하면 아들들이 성가시니 올봄부터는 얌전히 책이나 읽으며 지냈으면 싶지만, 임영웅을 보는 건 몰라도 책을 읽을 가능성은 애초에 없지 싶다.

저기 화장터가 보이니 내 마음도 허탈하다. 일찍 간 친구놈 몸이 화장터에 들어갈 때 내 그렇게 서럽게 울었는데, 화장이란 게 육체를 태워 자연으로 보내는 행위일 뿐이니 서럽게 울었던 그때가 민망하다. 이제 내 죽음의 육체가 한줌의 재로 되어 납골당에 들어가면, 저 장면을 보고 있는 영혼인 나도 망각의 강을 지나 영면으로 가야 한다. 저세상에서 살았던 한평생에 회한이 없겠나만 영원히 이 영혼까지 소멸하기 전에 살았던 수십 년을 둘러보려 한다.

세상에 살았던 모든 것을 다 기억할 수는 없으나 기억되는 일들
이 너무 모질까 두렵다. 부모가 날 낳았고 형제는 날 키웠으며 아내
가 날 살피고 자식이 날 따랐으니 그 무던함이 다른 삶과 다르지 않
았다.

가난이 돈보다 많은 시절, 돈보다 가난이 많은 부모 아래서 태어
났다. 그나마 가난보다 사랑이 많은 어머니가 있어 사랑은 많이 먹
고 자랐다.

먹은 사랑보다 토해낸 효도가 너무 적어 살아생전 내내 부모에
게 불효를 했다. 불효의 상처로 자식이 데일까 부모는 매번 자식
의 불효를 지웠다. 찾지 않는 자식의 건강을 밤새워 걱정하고, 그
걱정이 부모의 병을 키웠다. 부모는 자식을 낳았으나 자식은 부
모의 혈을 빨았으니 그 자식의 불효가 여기 영정에 앉아서도 죄
스럽다.

형제가 있으나 나는 형제를 돌보지 못했으니 형제에게 미안하
고 죄스러워 내 미련함을 한탄한다. 전화 몇 번이면 그 정을 나눌
것을, 방문 한 번이면 그 정이 두터울 것을, 전화 몇 번을, 방문

한 번을 귀찮다 했으니 그 게으름 때문에 형제의 정이 많이 부족했다.

젊은 아내를 만나 수십 년을 함께 늙었으니 그 견뎌낸 세월이 참으로 길었다. 그 긴 세월에 모질게 군 일들이 너무 많아 미안하다. 큰애, 작은애를 낳은 날 손을 잡아주지 못해 미안하고, 셋방살이 시절에 주인 눈치 보게 해서 미안하다. 큰애를 임신한 아내가 수박 먹고 싶다는데 돈이 없어 그 흔한 수박을 사주지 못해서 미안하고, 굴비 먹고 싶다는 아내에게 부새 사줘서 미안하다. 여보, 여보, 살갑게 대하는 아내에게 '사랑한다' 말 한마디 못 해줘서 미안하고, 임영웅에게 홍삼 보내겠다는 아내를 핀잔줘서 미안하다.

싫다는 큰아이 검도장을 보내 발가락 부러지게 했던 게 미안하고, 중학교 때 그렇게 게임하고 싶어 하는 아이를 매몰차게 막았던 게 미안하다. 고등학교 기숙사 생활을 하던 때 자주 가보지 못해서 미안하고, 큰아이 뜻대로 되지 않았던 그 시기에 도움이 못 돼서 미안하다.

착실한 작은애, 속마음 몰라서 미안하고, 유치원에서 색종이 좀 가져왔다고 회초리 든 게 미안하다. 작은애 고등학교 시절 보충수업 끝났을 때 아버지인 내가 술 마시겠다고 친구 아버지 차 타고 오라 해서 미안하고, 서울에서 대학 다닐 때 한약 한 재 못 먹여서 미안하다.

이제는 큰애, 작은애 모두 자리를 잡아서 걱정할 게 없으니 다행이다 싶고, 제놈들도 아버지인 내 속 썩인 게 많았으니 서로가 쌤쌤으로 원망을 지웠으니 이제 되었다.

이제 나는 간다. 후회는 없지 않으나 이만하면 나는 잘 살았다. 네들 엄마 잘 챙겼다가 시간이 다되어 내게 보낼 때는 아무 한이 없게 하여 보내길 바란다.

3.

나의 죽음을 미리 보는 '자만시自挽詩'를 써보았다. 조선의 선비들이 자신의 죽음을 스스로 애도하는 자만시를 지어 삶의 가치를 표현했다고 한다. 자만시는 자신의 죽음을 객관적으로 바라볼 수 있어 자신의 삶을 성찰하는 중요한 계기가 된다고 하여, 가상이지만,

내가 죽어 내 상가의 내 영정에 앉아 나의 죽음을 바라보는 모습을 그려보았다. 스스로 영정 앞에 앉아 본 내 죽음에 대한 상상은 생각보다는 내 죽음이 그리 두렵지 않고, 내 살았던 그간의 삶이 그리 무겁지 않다. 부모님, 아내, 자식, 친구를 돌아보니 못해준 게 미안하고, 고마운 게 더욱 감사하여 눈물이 난다. 실제로 내가 언제 영정에 앉을지 알 수 없으나 나의 죽음을 생각하는 자만시는 나 자신의 삶을 돌이켜보는 괜찮은 기회가 되었으니 자만시를 썼던 조선 선비들의 마음이 이해가 된다.

그저 그거면 된 것

자기 연민이 너무 많은 요즘인지라, 중년의 평범한 일상만을 담
았다. 너무 진지하고 심각한 에세이에 지쳐 있을 독자를 위한다는
명분을 삼았지만, 너무 가볍지 않느냐고 질책할 수도 있겠다. 가벼
우나 무거우나, 진지하거나 심각하거나 일상은 흘러가니, 나랑 특
별히 '다르게 살지 않는구나' 하는 위안을 얻는다면 이 산문 출간의
목적은 충분히 달성한 것이다. 그저 그거면 되었다.

아저씨지만 청바지는 입고 싶어

1판 1쇄 찍음 2022년 4월 20일
1판 1쇄 펴냄 2022년 4월 27일

지은이 강민
펴낸이 조윤규
편집 민기범
디자인 홍민지

펴낸곳 (주)프롬북스
등록 제313-2007-000021호
주소 (07788) 서울특별시 강서구 마곡중앙로 161-17 보타닉파크타워1 612호
전화 영업부 02-3661-7283 / 기획편집부 02-3661-7284 | 팩스 02-3661-7285
이메일 frombooks7@naver.com

ISBN 979-11-88167-61-6 (03810)

.